徐芳詩文集

徐芳 著

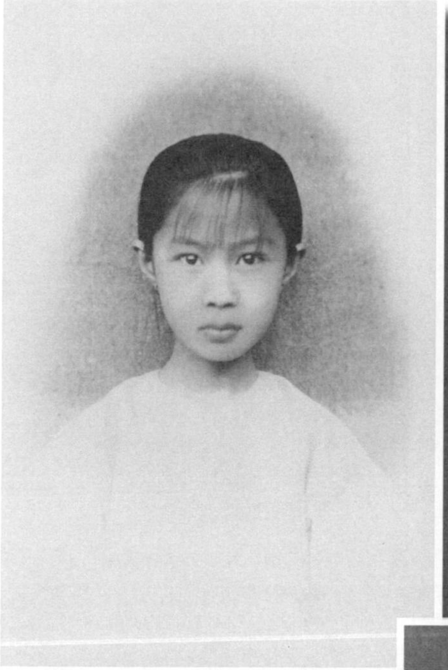

少女時代的徐芳（約廿年代）1926年

攝于北平　約1934年

攝于北平　約1934年

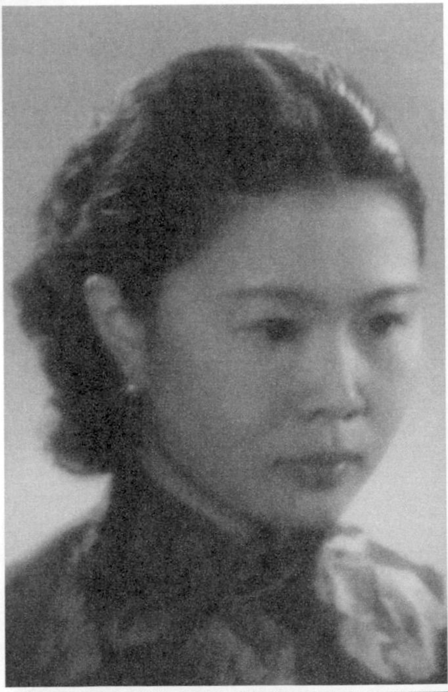

北大時的徐芳

在北平北海公園白塔前留影（1933年）

徐芳（前排左三）與胡適先生（前排右二）、顧頡剛先生（前排右三）及《歌謠周刊》同仁合影（1936年）

與徐培根先生在重慶舉行婚禮（一九四三年）

與夫君徐培根先生合影（約1944年于重慶）

目次

自序

我小的時候，體弱多病，一直都在家靜養，直到九歲才進小學讀書，糊里糊塗，六年讀完，就準備進中學了。那時有數位學人開辦了一座初中，即是適存中學，他們安排的科目，與普通的中學不一樣，但我很喜歡，變得很愛唸書了，但一年之後，學校因故結束了，我再入市立一女中初中二年級就讀。後又在國立女子師範預科讀了兩年，預科畢業，沒升大學，努力讀書才考進國立北京大學。在北京大學讀的是中國文學系，讀到第二年時胡適先生來校做文學院長，又兼中國文學系主任。系裡的情況改變了許多，各種課程也和以前不同了。前主任馬裕藻先生退休，林損先生去南方任教，原來的錢玄同、劉復、魏建功、羅常培、黃晦聞諸位先生仍繼續任教，我認為這樣整頓一新是很好的。新的學科也添了一些，像余上沅先生教戲劇，唐蘭先生教甲骨文，孫大雨先生教新詩，都是以前沒有的。那時候胡先生教「中國哲學史」，傅斯年先生教「中國古代史」，課堂上總是人滿為患，我們對於這些課程的愛好，也變成很用功的學生了。同時，張煦先生教「楚辭」，黃晦聞先生教曹子建詩，我也很有興趣。另外英文系的梁實秋先生講英國文學史，我也常去聽課，得益不少。余上沅先生是教戲劇寫作的，我對他印象較淡，好像沒有得到什麼。孫大雨先生自美國回來，就教我們新詩創作，但他當時愛請病假，說是患了重感冒，所以好像也沒學到什麼。倒是系外的朱光潛先生，他很欣賞我的詩，常常給予指正，使我得益不少。另外梁實秋先生很鼓勵我們多寫。我有的詩寫得並不好，但他總是在報上發表了。梁宗岱先生是法文系的主任，我因不懂法文，很少向他請教，他好像是也很關心的。我好像並未選過葉公超先生的課，有一次我寫了一篇獨幕劇，向《學文月刊》投稿，他看我的作品，很有興趣。他說我要這位同學來面談，我要在刊物上登她的稿子，我要她來見面，面談一下，把要修改的修改一下便可以發表了。同學裡有位包乾元，他是法文系的。他陪我去郊外清華園拜訪葉先生。那是他的家，正是下午的時候，同時有楊振聲先生，聞一多先生，是他請來幫他評稿子的。葉師母坐在走廊上曬太陽，未來參加我們這些人的討論。我把我劇本的話，一句句地唸給他們聽，楊、聞兩位先生聽了，認為可以，未說什麼話，葉先生有意見，說這句話不能這麼說。我照他的意思改了，忙了一下午，總算弄好了，其實也未改變太多。《學文月刊》發表了我這篇獨幕劇，我也未在意它了。但有一位同學告訴我，南方有一位作家茅盾，認為你寫得很好，你知道嗎？，我說我未注意。

我有時想想，雖然是愛文學，又愛詩歌、散文等，但是一事無成。現在刊印成冊，也不過留點紀念，如有不嫌棄的人看了多給我指教，我會很感激，並再求進步。

時光過了許久，我所敬佩的師長，都不在了，我在此要為他們在天之靈，深深祝福。

二〇〇六年三月二十日　台北

早期習作

寄給母親

母親呀！
我願我是一陣春風，悄悄地吹到你的懷裡；
那時，該感到多麼馨香而溫柔啊！

花環

親愛的母親呀！
我要將我那天真的情絲，
編成一個美麗的花環；
圍在你頸上。
你說好嗎？

秋日的丁香

丁香樹呵！
你現在是沒有花和蕊了。
但是，我仍然十分地愛你，愛你什麼呢？
愛你的形、色、香。
形在哪裡？
在灰色磚牆上的黑影裡！
色在哪裡？
在溫暖的日光裡！
香在哪裡？
在冷清清的晚風裡！

愛的傘

我願意：
人們都起來，把那人間普遍的愛，織成一把燦爛的大傘。
將這愛的大傘，
支撐在地球上，遮滿了全宇宙；
那麼，人們的心裡，也許會沒有虛偽、鬥爭存在。
只洋溢著那偉大的愛了吧！？

梅花

凌姊送我一盆梅花，
她輕輕地對我說：
「我在這裡時，你要來吻我；
我離開了你時，你可以聞它。」

童心

親愛的母親喲！
我沒有珍貴的東西送你，
我也沒有甜蜜的話兒講給你聽；
我所獻給你的，
只是我那一顆純潔的童心。

春雨

春天的雨到了宇宙，
萬物會萌芽，……而茂盛。
我希望：
我那心中的春雨，
也降到我的心田上；
使我那弱小的心靈，滋潤、活潑、而美滿。

夕陽古寺

傍晚的時候，
我們慢慢地走近那古廟；
在那裡，
聽不見方丈的禪誦，
也看不見寺僧的祈禱。
我們只坐在石階上，
靜靜地聆著鳥兒的唱叫，
遠遠地望著那落日掛在樹梢。

問問蜜蜂

春天的時候，
花兒開著，
鳥兒叫著，
人兒笑著。
活潑潑的蜜蜂在花間穿插著。
蜜蜂呀！我要問問你！
「你隨著春天來的呢？
還是春天隨著你來的？」

沒有用的孩子

我是一個幼稚無知的孩子，
我偶然也想作一個大人；
可是，我還沒有說話時，
我的耳朵便發燒了。

我是一個不懂世故的孩子，
我有時也想作一點虛偽的笑出來；
可是，我還沒有笑時，
紅的雲，便飛到我的臉上來了。

我呀！竟是一個這麼沒有用的孩子。

夜鶯

夜鶯，玫瑰花的情人，
他為了她，終日裡不斷他的歌聲。
但是，在她那天真無知的夢裡，
只能聽到歌聲，而不能領會他的深意。

詩人，他時常為自己的詩句歌唱，
現在少女的心靈中，充滿了他的熱望。
他那熱烈的感情，充滿每個音調，
但是溫柔的少女，還不曾明瞭。
她問：
這個歌兒是為誰而唱？
他又為何唱的這樣怨傷？

隨感錄——一九三〇年九月十七日至一九三二年三月二日

今天在紙店裡，偶然看到這麼一個小冊子。覺得還有可愛的地方，便買了下來。那麼，做什麼用才好呢？我想了一想，居然想出來了。把它當作「隨感錄」吧！這小小的本子，卻也有幾十頁。假如，我一天寫一段東西上去。幾十天後，可不是就會有許多的小詩或散文了嗎？啊！寫吧！每天寫一點。寫來寫去，總會寫出許多趣味來的。我希望我有恆性！我祝我自己永遠快樂！

一九三〇年九年十七日上午　自誌

今天我又走過北大的門口；當我看到那紅色的房屋，綠色的柳樹，黑色的「北京大學」四個字，……莊嚴的影像呵！我愛極了。但是，天啊！我為什麼不能進去讀書呢？呵！我要哭了。

九月十七日下午，由友人處歸，經北大的校門，因感而寫。

淺紫色的鳳仙花

淺紫色的鳳仙花呀！
你是一個可愛的女娃。
你那色彩多麼溫柔，和平……
你那身架多麼俏麗……
喂！美麗的花啊！
你是和平仙子。

九月十七日記

月和星

美麗的明月啊！
你是多麼幸福，
竟是這麼多的星兒陪伴著你。

清秀的繁星啊！
你們是何等快樂，
總是有光明的月姊來領導你們。

呵！可讚美的喲……可羨慕的喲……

九月十七日晚作

軍號聲

傍晚的時候，
由遠處傳來斷斷續續的軍號聲，
軍號聲呵！
使我回憶起過去的美生活——
中學時代的生活——
想起那美生活，
我只覺得悵悵然！

九月十八日寫

恆性

喂！恆性哪兒去了？
假如看不見這可愛的小冊；
恐怕再也想不起這「隨感錄」來吧？
芳啊！你怎麼了？
你怎麼那麼健忘？
怎麼那麼沒有恆性？……
好了，不多說了；
改掉它吧！
要努力！要有恒！

十月七日夜半

真誠

話，要說出來叫人相信，
才算得是說了話。
不然，欺人自欺的話說了，
與沒有說，又有什麼兩樣？
朋友！不要自欺吧！
虛偽的話，也不要再說了。
有用的話，當怎麼說？
朋友喲
仔細想一想就知道了。

十月八日晨

幸福與快樂

什麼叫幸福？
什麼叫快樂？

聰明的人呵！
物質上的幸福，
浮面上的快樂，
是算不得什麼的。

由努力而得來的成功，
才算得是幸福。
去奮鬥而得到的勝利，
才算是快樂。

聰明的人啊！
牽牽地記著吧！

十月十四日　抄昔日舊作

悲與樂

當我感到怨哀時，
就要想起往時樂的不當。

怨的時候，
老是憶起樂來，

樂的時候，
又忘了怨。

再到樂的時候呵！
可別過分了！

十月十四日抄舊作

對不住你

喂！小本子呀！
我真對不住你。
我是這多日不理了。
我不是忘了你，
更不是不愛你。
我太懶了；
所以沒有好的句子贈與你。
喂！原諒我吧！
我要從此和你親密！

差不多有三個月的工夫，不曾在這本子上，寫東西了。自己覺得太不對；所以書此。

一九三一年三月六日於自修室中

想起可愛的媽媽

媽媽呀！
我願做一陣清風，
吹到你的懷裡！
那時你是多麼痛快、清涼！

一九三一年三月六日寫

春

春姊姊來了。
鳥兒叫了。
樹兒也要發芽了。
我呵！
也跟著春姊姊的光彩跳躍吧！

三月十二日

自勉

徐芳呀！
讀書時代的妳，
不要抬頭去望四方的繁華，
妳要鑿直地向讀書之路走去。
但是，
妳要覽盡那自然界之美；
因為那自然界之美是會促妳去向前努力的。
芳啊！記住！

「五四」運動節自勉。

笑

笑，也不一定是快樂的表現吧？
啊！神秘的笑呵！
什麼樣的情感不能由你表現出來呢！

十二月十六日寫

太陽的孩子

我們是太陽的孩子，
是向著光明發展的，
是發展光明的。

十二月十六日寫

誰都說人生好比一場夢，這我倒也極其贊同的。但是我想我們每人所演的那幕戲，頂好演到了焦點便「閉幕」。因為這樣，人生才有意思，才有趣味！

十二月十七日晚寫

雪啊

雪啊！
當我看到你由天上降下來時，
我只默默的想：
「宇宙間，
『純潔』二字只有你配擔當！」

十二月十七日晚寫

綠衣先生

夢妹啊！妳遠離我去了之後，
我什麼都不愛見了。
我只希望看見綠衣先生，
因為他帶來了
妳那濃厚的情，真摯的心。

十二月十九日

朋友啊！

朋友啊！
請妳不要為那餓人嘆息，
請妳不要為那凍人咽悽，
你的呼聲治不了餓壞的人，
你的眼淚活不了凍死的人。

十二月十九日

演戲

年輕的姑娘們，都修飾了自己，去忙著到舞台上去演戲！其實，人類啊！不要上舞臺上邊去演戲了。我們不是天天在演戲嗎？地球便是舞台，人生便是一齣大的劇，你生下來，便走上了台，你死過去，便是下了台。你的一生便是在作伶人的生活，又為什麼要在戲中還演戲呢！

一九三二年三月二日

我是

我不是科學家，文學家或哲學家。我不過是一個伶人，一個神聖的伶人，天天在演著人生的大劇。

三月二日

寫在末一頁上

這本是在一九三〇年九月十七日買的。到現在是一九三二年三月二日了。本想把這本子在一個月內便寫完，沒想到耗了這麼多時間。我也不願再責備自己的懶惰了。第二本又將開始了，現在就在此停筆了。

我的詩

小序

我在這小冊子的第一頁，將寫些什麼呢？將自己的東西寫在一個整齊的本子裡，還是第一次呢！以往的時候，不是沒有寫過什麼，只是太零碎了，多半都是有始無終的。這一回，我初次將我的句子，寫在一個本子上，雖然沒有什麼好的，我自己確是極欣慰的。

這本子裡所包含的，本來不稱詩——本來什麼都不配稱，因為，那不過是自己偶感而已，但是，沒有別的名詞給它，只好稱它為詩了。

像我這麼一個無知的女孩子，所想到的都是幼稚的事，寫出來的也都是幼稚的話。任它如何的幼稚，如何的不通；終究是我想到的，所以我要寫出來。我寫只為我愛寫；為了我自己欣賞。因此，我替它起了一個名字，叫做「我的詩」。

最後，我希望我努力，好好地努力。像這種冊子，雖然不好，也要多產生幾本。我還希望以後不但有詩的本子，還要有其他各種的本子。我末後祝我自己永遠快樂！永遠美滿！

舟生自識於五月十日北平

賞菊

為了賞菊，
父親攜著我走到了前面的山莊。
在西風裡，
我看見那一片菊花真黃；
同時啊！又發現
父親的白髮蒼蒼！

一九三一年九月三十日

明月

夜是這般寂寞，
天卻呈著深藍色，
明月掛在天空，
我正倚著窗兒坐，
月兒向我微笑，
我只低頭沉默；
為什麼又要難過？
因為我又想起那千里之外的健姊，
她曾教我唱過「明月之歌」。

向你要

司時之神呵！
我不向你要別的，
我只要我那幼稚無知時的春光。

寄給竦妹

鳥兒飛去了之後，
它的歌唱，還會在我的記憶中震動；
花兒萎謝了之後，
它的馨香還會在我的知覺裡洋溢。

可愛的竦妹啊！
請妳仔細想想：
當你離我而去時，
妳的一切——態度、思想、言語、容貌……
能不在我那弱小的心靈中盤據著嗎？

遊北海

天是清的，地是冰的；
微風裡帶著寒意，
我牽著她攜著妳；
在冰天雪地中，跑來，跑去，
我們擲著雪球似的東西，作「雪球之戰」。
這時候，我不知寒冷，我忘掉畏懼。
忽然間，天色暗了，寺鐘響了，催我們歸去。
可笑的，是人已歸來，心還留在那裡。

有誰來解答我？

緋紅色的花蕊，
微笑著展開了。
金黃色的太陽，
莊嚴地向上了。
這是多麼快樂的時候啊！

但是，我不懂，
為什麼花兒開了會謝，為什麼天色亮了會暗？
我更不懂，
為什麼人們生了又要有死？

啊！奇怪的問題，
有誰來解答我？

秋風

秋風啊！
你又吹到了我的家；
我是多麼怕你喲！
又吹白了
母親的頭髮！

春風曲（寄給淑貞姊的）

春風吹來時，
帶來了無限花兒們的香氣，
我奇怪，怎麼沒有帶來我那愛的人兒的消息？
我啊！低頭良久無語，
忽然間，又抬頭向前春風，
慢慢地唱著我那溫柔的心曲。
請求風兒替我帶回去——
我遙祝她一切如意！
更希望風兒吹來時，
帶來的不僅是花兒們的香氣！

春

有一次，當著春光瀰漫了花國的時候，
我伴著凌姊在花的深處憩息；
靜靜地，任那輕風吹到我們的身上。
忽然間，有幾句話，被我想起，
我伏在她的肩上向她說：
「凌姊，我告訴妳！
那小鳥的叫喚，
便是春天的音樂。
那盛開的花兒，
便是春天的笑容。
那微微的風兒，
便是春天生了惱意。

那淅瀝的細雨，
便是春天的嬌泣。
凌姊！妳說妹妹的話兒可有道理？」
她撫著我的頭，
含笑對我說：
「妹妹！難為你想了出來，
在我想來，
那終是太孩子氣！」

愛是什麼顏色？

（一）
喂！愛是什麼顏色？
是緋紅的。
因為它是像玫瑰花一樣的甜美。

（二）
喂！愛是什麼顏色？
是雪白的。
因為它是像冬雪一樣的潔白。

（三）
喂！愛是什麼顏色？

是淺紫的，
因為它是像紫羅蘭一樣的溫柔。

（四）
喂！愛是什麼顏色？
是淡藍的。
因為它是像天空一樣的神聖。

（五）
喂！愛是什麼顏色？
是金黃的，
因為它是像太陽一樣的偉大。

一九三一年一月十四日作

春風

春風啊！
你在宇宙間吹來，吹去，
我說你不為花開，不為草長；
只為給人們傳消息！
我啊！總是悄悄地向你侍立，
彈著琵琶，唱著我那溫柔的心曲。
我希望，藉著妳的力，
在片刻間，將它傳遍了我所有愛的人兒耳朵裡！

情焰

攜著我的手，
又走到了這山巔；
石沿的流水，
好像一掛銀簾；

溫不熱的，
是這冷泉；
涼不了的，
是你那情焰！

她

她滿面的笑容，
遮不住她內心的怨痛，
呀！可憐的她！
我不敢去多看，
我怕看了她之後，
快樂之神，不要我啦！

冬日之晨

黑夜匆匆地躲開了，
朝陽悄悄地到來了，
光明之神啊！
你是來催促我們前進的吧？

寫什麼

我有一支美麗的筆，
我要用它寫些歡樂，
我要用它寫些怨哀。
寫不盡的是人間的歡樂，
寫不盡的是人間的怨哀。
上帝啊！我寫些什麼好呢！

絕技

春風啊！
吹開了花兒，
吹長了草兒，
這都不值得一喜！

春風啊！
吹開了她心中的花，
吹開了她眉間的愁，
這才是妳的絕技。

老農人

當著那初春的時候，
我們的老者
舉著鋤頭；
耕耘、播種、灌溉，……
辛苦的工作，他都忍受！
這樣的勞碌
真不如一條禽獸！

到了那盛夏之時，
那棕褐的顏色
掛上了你的皮膚，
流的汗，

好像天上的雨絲；
唉！難為你
倒沒有累死！

再到仲秋時期，
仍然看見你
離不開那一片田地，
豐美的收穫，
又多是為了自己？
我奇怪你
為什麼不揭起叛逆之旗？

終於是到了冬天，
荒蕪了的，
是你那一片心愛的田，

老誠的農人喲！
這時你一定又在憧憬著明春的太平年。
啊！為什麼，你不覺到
有一層階梯，存在貧與富之間？

九月三十日

思念故友

一樣是在春天，
一樣是在這幽靜的林園；

岩石旁，仍然峙立著
高大的蒼松；

山桃又到了開花時候；
只見它花影重重。

曾記得，
翠樹下，我倆靜聽泉水淙淙；

曾記得，
桃花前，笑道花顏不如你的面容。

啊！一樣的春天，一樣的林園；
沒有你，總是不同。

而今啊！有誰來和我
撲那飛舞的小蜂？

又有誰嬌嬌喚我
幾聲「淘氣蟲」？

什麼叫良辰美景？
我只知道故友難相逢！

無題

幼年的時候，
拿著一撮狗尾草；
編一隻猴兒，
又編一隻小貓。
媽媽總是說：
「手兒生得真靈巧」。

現在的時候，
已不愛拾那野草；
更忘了，怎麼去
編一隻小貓。
母親仍是說：
「最聰明是你的頭腦！」

去吧！愛我的人

去吧！愛我的人！
煩了的是你那
低低的細語，
厭了的是你那
美麗的詩文。

新的大道已開了門，
你喲！
幹什麼還要游移，
幹什麼還要依戀，
還不去踏上時代之輪！

我知道，你有愛國的熱誠，

你要拿出來，
拿出來——
去洗滌我
中華民國的血痕！

我認為，你是群眾的明燈，
為什麼？
為什麼不離開了我
跑向前去
領導人民往前奔騰？

去吧！我愛的人！
我將為你去搖——
搖響那革命的之鈴。
再不要說啊！
是我繫住了你的靈魂！

神秘的音調

看呵！多麼清麗，多麼柔美，
這一池綠悠悠的秋水。

那水面上的波紋，
正像琴上的弦絲；
那輕微的天風，
正像樂師的手指。

聽啊！這神秘的音調，
我們又怎麼學得到！
聽啊！當著那輕風把水紋播揚，
奏出了一段神秘的交響！

一九三二年十一月十五日　上午

採菱的姑娘

夏日的朝陽，
照在無名的河流上。

貴族的青年搖著雙槳，
把小舟輕漾。

遠遠地聽到了
清脆的歌唱。

是哪裡來的歌聲？
青年站起來眺望。

哦！在那荷葉叢中，
清舟裡坐著採菱的姑娘。

「喂！荷花姑娘！
我聽到了你的聲浪。

是那麼幽清，
是那麼豪放！

生得竟是這樣俏麗，
妳是我們的花王！

請恕了我的冒昧，
可否我們同舟搖蕩？」

「啊！船上的少年，
我唱的太不像樣！
你，貴族的青年
值得人們敬仰。
我是平凡的少女，
一個採菱的工匠。
不能隨你同遊，
還請原諒！」
女郎是微笑，
少年只覺到了惆悵！惆悵！

九月二十七日

無題

你為什麼，
總是斜著頭望我？

望著我，是不是，
因為我有一對酒窩？

望得我啊！
面上起了紅波。

這叫我又往——
哪兒去躲？

輕輕地開打扇子，
把你望著的面容遮。

抬起頭來，
你還是在，斜著頭，望著我！

笑了，我笑了；
你也在笑，一句話也不說，

呀！還說什麼？
終歸是你的情太多！

西風

抓住一枝秋柳，
我問它，
為什麼，在空中歪扭。

拔起一枝野草，
我問它，
為什麼，在地上飄搖。

捉住一隻鴻雁，
我問它，
為什麼，往南面飛旋。

這你也不知道？
他們似乎在說，
不見麼？西風是早在天邊吹號！

夏夜泛舟

夏夜的天空裡，
佈滿了密密的星；
沒有一片彩霞，
沒有一塊雲。

這回是，她的手，
搖著槳，划到了湖心；
這回是，他的手，
在慢慢地彈著Ｍａｎｄｏｌｉｎ。

船是迴旋在水面，
搖漾不停；

飄揚著的琴聲，
都是為了她愛聽。

一隻小船，兩個人影，
映在湖面是多麼清；
圍著他們的
又是荷花的芬芳與溫馨。

誰也沒有看見，
輕輕地，Ｃｕｐｉｄ來臨；
一根箭射出去，
穿住了這兩個孩子的心！

路

你不要阻止我，
走這一條路；
任它是坎坷，黑暗，
仍是要邁我的大步。

道兒太黑嗎？
我來點燈。
石頭太多嗎？
我來做，掃除的勞工

只要盡了力，
還怕長途剷不平？

黑夜去了的時候，
來了的，還不是光明？

十月三日　夜

花王

她是一個嫵媚的花王，
但她不懂，
怎樣去鑑賞桃花，
怎樣去吟詠春光。

她從來不穿——
什麼白色的衣，緋色的裳；
雖然是健麗的姿態，
永在她身上。

她常微笑，但不會撒嬌，
誰不說她是溫柔端莊。

你我都是中國人

「哥兒們，撒手吧！
還打什麼？
誰是你的仇人？
誰是我的仇人？
咱們都是同胞兄弟，
咱們又何曾鬧過氣？

你知道？
我是中國人，
你也是中國人，
幹什麼，
互相攻擊，給軍閥們作遊戲？

又替他們爭權奪利？」

「對！對！
我是你的小弟，你是我的老哥；
沒有仇又沒有怨，
幹什麼，
把你槍斃？
真太沒有出息！
哥兒們，你聽著：
咱們是勇敢的兵士，
咱們是奮鬥的同志，
快點起來啊！
起來打退那帝國主義，
擊死那壓迫我們的資產階級。」

告訴你

喂！告訴你，少來理我！
誰管你心裡燃著什麼火。

什麼叫美，什麼叫愛？
你跑到這兒幹什麼來？
不要說我是把你辜負，
知道嗎？我沒有開「愛的當鋪。」

我不懂什麼是熱忱，
我心裡只有一片天真！

一九三一年十一月四日

愛神之箭

愛神啊！
你為什麼？
一箭——一箭
單單的射上我的心尖？

這也是你，
在我的靈魂裡，
栽上幾枝紅的花朵；
是為人，還是為我？

賜我這箭，
可是在教我燃起情焰？

給我這花朵，
可是叫我去擷取愛果？

喝！誰燃這情焰！
哼！誰找這愛果？
我要在人間，
燒一團熱烈烈的火！

十月三日　夜

遲到的女郎

約定了的
是觀日出在這石橋；
說準了的
是趁著黎明來迎早潮。

紅日早放了金黃，
連你的影子也沒有來到；
海水已泛了銀波，
只有我獨自在這兒瞧！

盼不到的
是你那秀麗的面貌；

看得見的
只是些巨浪洪濤。

女郎啊！你可是在
故意叫我心焦？
女郎啊！你還是在
成心向我撒嬌？

十月五日　晚

美好的境界

是這麼一個境界
沒有大風，沒有暴雨；
只有淡淡的青天。

有靈奇的花草，
使你覺得
它的滋味香甜。

有美妙的小鳥，
使你感到
它的歌聲婉轉。

有溫和的微風，
吹得你
昏昏欲眠。

文人來了，
曾把它
寫成詩篇。

歌者來了，
又把它
譜入琴弦。

少女來了，
她把它
幻作自己的宮殿。

我也來了，
只對它
默默無言。

中國好像……

中國好像是一條紊亂的絲，
本來可以理成一件雲裳；
只要全民眾起來作裁縫工匠。

中國正如一座古舊的廟，
本來是可以把它打破，
只要全民眾起來作炮火。

中國好像一堆凌亂的瓦礫，
本來是可以建成廳堂；
只要全民眾起來作泥瓦工匠。

十月三日　下午

紡織的姑娘

一縷縷的麻，一團團的絲；
她理著，紡著，從天亮到天黑。
圓的鐵輪，方的織機；
要她去一輪輪地搖，一下下地推。

春天來了，她看不見紅花在開，
秋天去了，她不知道黃葉在飛。
那緋紅色的溫柔，
在她眼前都化成了煙灰。

紡織，紡織，紡織，紡得她眼在發濕，
她彷彿也聽得人說，她最美；

仁慈的上帝呵！在她的臉上，
你幹什麼要滴這麼多的淚？

一九三二年十一月十五日　上午

後記

這本詩集裡共裝了四十首詩，到今天才把它裝滿。我自己也覺得好笑，這怎麼可以稱詩呢？實在是太幼稚了。幼稚得比我的年齡還是幼稚得許多。因為是我自己心裡想出來的東西；所以這四十詩雖然不好，我也得很珍貴的保存著，愛護著。

記得我開始練習著寫詩，是在一九三〇年的秋天。那時我還在女師大讀書，那時便不注意去看詩，或寫詩；不過偶然寫幾行而已。前面的十多首便是那時寫的。說來自己一心想考北大，便也沒有寫什麼詩句。直到近年來，尤其是最近，我忽然感覺到寫詩的興趣，便把這本詩集給寫滿了。

現在我已覺到我的詩太不像了，自己看了都害羞。真好笑。

我將開始在第二本本子上寫詩了。我希望生在那本子上有許多活潑，美麗，可愛的詩。

舟生寫於一九三二年秋，時讀書於北京大學。

茉莉集

小序

自己的生日剛剛過。如今我已是二十二歲的女兒了。在這二十二年中，我最愛的就是爸爸和媽媽。同時我很慶幸的，爸爸和媽媽也愛著我。

爸爸給了我聰明，媽媽給了我一個偉大的天性，我因此而驕傲著。

我要盡心地做一切事，才對得起親愛的爸和媽，對得起自己，和一切愛我的人。

小冊子不過是預備寫些短文小詩。沒有太大的意義，不過是娛樂自己的小玩意而已。

因為媽喜歡茉莉花。我也愛那秀麗的花苞，便給這本小冊子，起名為茉莉集。

在這兒要盡情地寫我所要寫的句子。

芳　識於一九三四年十一月十八日

陽光和春花

我坐在綠色的山坡上——
坡上有嬌豔的紅花，
　　有溫暖的陽光。
我愛花的紅，
我愛光的暖。
因為我自己的生命，
也和春花、春光，
一樣美滿。

偶感（四則）

（一）

了解一切，同情一切。

一九三四年十一月二十七日

（二）

假使我的情人和別人結了婚，
我將連那別人都愛著。

（三）

多人的追求呢！
增加了少女的驕傲。

一九三四年十一月二十八日

（四）

努力即成功。

人家都說13是UNLUCKY NUMBER，我把自己的格言寫上，來勉勵自己。

山邊的竹林

山邊的竹林
在活潑地跳躍。
竹子哥哥
你不要對我笑，
我的年紀比你們小。

有我的地方就有愛

誰說愛是像磐石一樣固呢？
誰說愛是像大海一樣深呢？
我的影子象徵我的愛，
有我的地方就有愛，
我去了時，
愛也會飛的。

美酒

我送你一杯美酒，
但是我並沒有
要你喝得酣醉。

一九三四年九月十八日

歌

我是在愛著一個人，
但是他不愛我。
我愛他，正像愛一隻歌。
這隻歌
我常常地在口中唱著。
他的靈魂，
我的靈魂，
都在這隻歌裡融和。

有你伴著我

小鳥的哀歌，
引不起我的淒楚。
只要你是歡悅，
我想不起愁苦。

雷火的暴發，
震不起我的驚慌。
只要有你伴著我，
我不知什麼是恐惶。

飲

斟一杯酒在他面前，
酒還沒有沾唇，
他嚷著，
醉了、醉了。
他說：
「酒在妳的眉上，
酒在妳的眼裡，
酒也掛在妳那紅紅的頰上。」
我笑著向他舉杯：
「酒在杯裡，
快嚐酒的美味！」

聚散如雲

朋友，
像雲一樣的相聚，
何等歡欣哪！
像雲一樣的分散，
何等傷心呀！

女人的哀傷

老年的女人，
妳不要哀傷，不要悽悽，
也不要追念你過去的美榮。
過去的，就讓它過去吧！
一切的東西，都會過去的。

一九三七年十二月二日看中國影片「青春」後所書，以贈該片女主角。

精神和詩文長存

美麗的容顏會消失，
華貴的光景會衰落，
唯有那偉大的精神
和不朽的詩文
是永世長存。

一九三四年十二月二日

田間的少女

田間的少女啊！
妳唱吧！
妳的歌聲比小鳥還柔和。
田間的少女啊！
妳笑吧！
妳的心裡比什麼都快活。

一九三四年冬

你的愛

你的愛
像潮水一樣浸到我身上來，
可是連我的衣服，
都不會被你沾濕呵！

一九三四年冬

一池湖水

一池明鏡的湖水，
愁憂不能攪擾她，
暴風不能吹亂她，
黑暗不敢照臨她，
（除非她自己倦了）
慇勤不能戰勝她。

一九三五年二月二十七日

香山半山停看日出

遠遠的松波，
托著那
一片五色的朝霞。
我欣然地等著。
紅輪由天邊升了起來，
心裡充滿了熱烈的愉快。

冬夜

柏子在壁爐裡抱怨，
要我去救它嗎？

熱火熊熊地，熊熊地溫紅了我的臉。

書報懶散地躺在沙發裡，
我竟撫著貓兒枕在書上了。

小貓咪呵！給我祈禱吧！
睡眠總是吻著我的眼呢！

一九三五年二月作

默默的微笑

都是從筵席上溜出來的人，
誰也別問誰為什麼。
柳枝依依地依在並著的肩上，
月光隨著流水流到悠遠的地方去。
看看銀色的微波，
又相顧而笑了。
讓歡笑關在紅紗窗裡，
讓狼藉的杯盤
和人們一樣地跳躍著。
這兒只宜默默的微笑。

一九三五年一月

幽思

幽思像帶帆的船一樣，
在綺麗的月色下，
順著柔水流到遠遠的地方去。

一九三五年二月二十七日　夜

將來的時候

親愛的，
在將來的時候，
你仍會記著我，
像記著一朵花。
你會記著那花
被風吹時的微笑，
被雨打時的含羞，
也許那花早不見了。

一九三五年四月十八日　上午

煙和酒

X，等我告訴你：
我　——已經
學會了抽煙，
也學會了
喝酒。

當你劃火的時候，
可別忘了
給我點一支
老砲台，或者
賣司干。

隔著白色的煙圈
我也敢矑一矑
你那會笑的雙眼。

X，我一定為你先斟一杯，
在我舉杯之前。
我們要喝的不能再添，
你別看啊！
我這半醉的容顏。

一九三四年三月十四日　夜

夜

我從飄渺的地方來，
邁過高山，跨過大海，
走到所有的地方。
我有蓋滿天下的黑紗裙，
我有數不清的貴珍珠。
珍珠子，我隨意地撒，
我總是撒在少女們的睡眼上，
讓那歡喜的有愛，
讓那憂愁的有淚。
有時我也扔一顆在花蕊上，
它明晨就會變成露水。

一九三五年十月二十九日

偶成

山邊的溪水，
浮滿金鱗。
一切的樹木，
開始新生。

南來的微風，
吻著桃林。
白羽的馴鴿，
輕搖頸鈴。

黃鸝的歌聲，
何等歡欣！

愉快的情緒，
充滿吾心！

一九三五年春

花間的露

早上的小鳥啊！
你可以飲那花間的露；
因為那是花神
留下的殘酒。
飲吧！
飲了就永遠也不會憂愁。

一九三五年秋

憶

太液池裡，
我們曾同泛輕舟，
陽光照著綠柳，
微風吹著綢袖。
是你，把船划到荷花背後，
你誠懇地向我哀求，
那時啊！
我只是含羞。
如今，
我們相隔數條河流，
看吧！條條的河水，
都染有我的輕愁。

一九三五年十月二十九日

黑夜裡的哀音

山在黑夜裡看不見了。
天上只有稀疏的星星，
在沉沉的夜色裡，
我們誰也看不見誰。
只有那災難者的哀音，
可以聽得很清。

一九三五年十一月五日

已刊詩作

假如

假如叫我去作植物，
我願我是一朵蒲公英。
別看它那麼小，那麼輕，
啊！它可以仰望著白雲，
覽遍藍空中的幽景。

假如叫我去作動物，
我願我是一隻猛虎。
並不想叫誰向我屈服，
啊！鼓著那龐大的肺腑，
可以作一個驚人的奮呼。

假如叫我去作礦物，
我願我是一顆鑽石。
並不希望人們去撿拾，
啊！那是何等的啟示，
放一道光芒，永遠也不消逝。

愛的捉迷藏

愛神想把她的閒暇消磨，
於是拿人們來作玩樂。

她教他們作「愛的捉迷藏」。
用她的手巾把他的眼矇上。

他不知道哪兒是她，是南，是北，
緊緊地，緊緊地向著前面追。

好容易走上了那山道，
殊不知她早已在下面跑。

他伸著手，急得跳，
她輕輕地，盈盈地在笑。
「你追呵！」她說：「快跑，快跑，
追到我嗎？別想！你看，我逃——」

一九三二年十一月十五日

一束梅花

我送你一束臘梅花，
正好給你描一幅畫。

看這一枝多麼靈活，
你要把它畫得瘦長。
看這花絲多麼秀媚，
你要多加一點籐黃。
蕊裡有醉人的香味，
可別吸入你的胸膛。
瓣上有無限的情愛，
可別刻到你的心上。

我送你一束臘梅花，
正好給你描一幅畫。

歌娘

暮春的夜雨落在街上，
我支著油傘在路邊徜徉；
在那十字形的路口，
我遇見一個老邁的歌娘。

「當我是年青，漂亮：
我唱，隨著樂師手中的笙簧。
多少的男女呀！
對我傾倒，對我發狂！

當我是這般模樣，
只剩我孤獨地拉琴，孤獨地唱；

傾倒我的人們呢，
他們又到了何方？」

在夜色裡，我簡直辨不出——
那一聲是她的歌唱，
哪一聲是她的淒愴，
那一聲是春雨打在地上的音響。

炸彈

哄隆——哄隆——
這是我們投下的炸彈在爆炸。
火藥的力量真強，炸的面積多大！
東邊的房屋迸起了火花。
山下的人們，一排一排地倒下。

哄隆——哄隆——
我們再投幾顆讓它轟炸，
這彈內多加了「氯酸鉀」。
炸得天邊滿了紅霞，
大地上洶湧著喧嘩。

哄隆——哄隆——
我們多投幾顆，叫它炸，
炸掉了敵人的虛誇。
等到一切都成了碎瓦。
我們再看，那一塊土地是屬於中華！

登長城

誰要你來憑弔，這古跡？
誰要你來贊揚
它聲勢的浩浩？
朋友，
蜿蜒的城牆上，
哪一塊是你砌的磚？
哪一片是你鑄的瓦？
萬古的工程，
哪裡有你的功勞？
朋友們，不要贊嘆吧：
贊嘆，不能把
長城的身價抬高。

渺小的人呵：
我們該知道：
它要的是
嚴肅的太空
和那深黃的天風。
並且，它更需要——
一個完整的民族，
他們是威武，英豪！

一九三四年四月六日作

小葉楊

（有一天，我在山野裡看見幾株樹。它長著小而圓的葉子，那葉子在太陽下發著光亮。風來時它便嗦嗦地響。聽驢夫說，那樹叫「小葉楊」。）

是誰把葉子修得那麼乾淨？
是誰把銅鈴繫滿枝上？
為什麼要叫這樹叮噹？
為什麼要叫枝頭發出金光？

八月二十一日作

夏雨

窗外是誰的手，在彈琴？
高的，低的，那麼均勻的聲音。

哪兒有琴呢？哪兒有絃？
絲絲的細雨打在窗前！

隱隱地，送來了雷鳴——
彷彿「披阿那」伴奏著「凡亞鈴」。

天竟有那麼多的珍寶？
把大顆，小顆的珠子往下面拋。

也許是在發醇厚的聖酒？
澆得花兒，朵兒在枝上扭。

柳枝子彎著腰，懶懶地，
像是在厭著雨，又像是在愛著雨。

軟軟的白雲往綠槐身上倒，
它怨這雨，一陣大，一陣小。

看，這一串串的珠鍊，
點在我窗頭，織成了一掛銀廉。

花的嬌姿，雨的音律……
都是我愛好的伴侶！

一九三四年八月作

笑——酒店女侍

您也要叫我笑，
他也要叫我笑。
唉，我哪有那麼些笑臉
來給你們瞧？
快樂？
是的。我知道——
世上原是有快樂的苗。
可惜，
它只長在你的心裡，
掛在他的嘴角。
說我也有快樂？
先生，您別哄我，

別說我眉眼生得俏。
（淚珠子又滾下來了。）
唔，先生，這並不是撒嬌。

一九三四年一月七日作

征衣

我展開那灰色的厚布，
為我們的戰者製作軍服。
我一件又一件地裁剪，
我仔細地縫上棉，線。

這件把誰的壯軀包裹？
可能使他暖和？
這件將披在誰的肩上？
是否正合他的身量？

也許他穿著得勝而歸，
給我們帶回了無限安慰。

也許他穿著死在原野，
在衣襟上染滿熱血。

我作的戎裝，還是殮衣？
我不敢，也不忍去推臆。
縫衣的人將感到光榮，
假若穿衣的人是剛強，奮勇。

（「一二八」之役為抗日將士縫戰衣時作）

秋的花

早上澆花
晚上澆花
經心地盼著花發，
好像盼著
年輕的兒女長大。

牽牛爬到牆頭上，
女蘿繞著門檻兒，
南扁豆開滿了
紅的花，紫的花。

栽花人的年齡，

和秋天一樣，
花是秋的情人，
是老年人的女兒。

她讚那花兒
開得豔，開得紅，
可惜，它們
也要嫁給秋風。

老年人

祖父留下的手杖，
竟是自己的良伴了。
回味往事，
也不必嘆息。
童年的快樂
壯年的功績，
都用銀鬚捆了起來。
（像農夫捆秋穀樣地捆著）
老邁的心情，
只願坐在山頭
細聽旅行者的足音。
一枝煙，一杯茶，
便夠消磨向晚的閒暇。

一九三五年三月七日

無題

幽思

像一隻白色的帆船，
在綺麗的月光下，
順著銀蛇似的海波飄到陌生的遼遠的地方。

櫻桃

先是美人的容顏
樹上笑。
如今是女子的紅唇
枝頭不語了。

一九三四年九月七日

古廟月色

在銀色的天下，
在銀色的牆。
在橋的盡頭，
有舖了白銀的小紅廟。
銀鬚的老者，
在月下把門敲，
他走進門去，彎了腰，
趁著神一樣的銀光，
他作一次銀色的禱！

一九三六年二月六日在平滬車上

無題

和你一塊聽的音樂特別美，
和你一塊喝的酒也容易醉。
你也許忘了那些歌舞，那一杯酒，
但我至今還記得那晚夜色的嫵媚！

今夜我獨自來領略這琴調的悠揚，
每一個音符都惹得我去回想。
對著人們的酡顏，我也作了微笑，
誰又理會得我心頭是縈滿了悵惘！

秋葉

飛啊！飛啊！秋天的葉子，
辭別了它們的故枝，
風來了，它們就要分散，
聽！它們在互道著別辭。

「飛到哪兒去？
飛到哪兒去？
飛到哪一塊地方落下？
哪一塊地方是你的家？」

「你問我飛到哪兒去，
哦！我有我的方向。

我要跨過那座高山，
那山下，有我藏身的地方。」

「我嗎？我愛曲折的小河，
誰不說，落葉最愛流水？
我要投到河裡，
在蘆荻梗下安睡。」

「我可還得等一會兒飛，
我還沒有染就我的秋裝。
要把濃綠的褂子換上了黃，
我才能向著遠處飄揚。」

「我不，我不，我不能離去，
我愛我這紅色的衣服。

你瞧，多少男女都攀著我
把他的情懷對我低訴。」

「我也是，我也是，他們說
我的顏色比她們的頰還紅。
他們願我永不要飛去，
天也永不要刮風。」

「嗨！嗨！別說啦！別說。
誰都得離開自己的老窩，
飛得遠！飛得近！全憑著命。
說自己準能飛到天堂？誰信！」

山歌

山前有人看秋葉，
山後有人吃秋葉。
青青的葉子
變黃、變紅、變枯……
它哪裡想到
飢腸就是埋她的墓！

昨夜霜花點染了樹葉，
今朝樹葉點染了秋山，
但秋山更要少女來點染。
聽歌聲那麼嘹亮：
「玲瓏的葉子呀，

我要摘——
摘回家去送情哥。」

山坳裡抖戰的聲音在回說：
「賞秋的貴女呀！
紅紅的霜葉你莫摘，
飢寒的人們靠她活。」

這一把花兒捧給你

這一把花兒捧給你……

白的是純潔，紅的是愛。
黃的是忠貞，紫的是暖。
一朵一朵的……
插在一塊，多鮮明，多絢爛。
看這水仙開得多好，
是我採自靜僻的池沼。
臘梅花，它在深山透著微紅，
悄悄地我採得來，
像誰的面容？
真情的手，摘來了真情的花，

玫瑰，百合，白色的馬蹄蓮，
都展開了永遠的笑臉。
你的意思，我懂得；
看，這一朵顏色多淺，
我知道你不愛過分的濃艷。
這些是嫩弱的紅萼，
我知道你喜歡天真的童年。

在不知不覺裡，
這些花，我捧到你的手上。
你是當頭的太陽，
它的生命有什麼價值，
假如你不給它暖，不給它光？

這一把花兒捧給你，

誠敬地，我捧了來，
捧給你溫馨，捧給你愛……
願你把它往心的深處栽！

一九三六年十二月十七日

無題

我們慢慢地走上山峰，
我們最好是聽聽
泉水在腳下流動，
看看遠處山色的朦朧。
別指給我
哪一片雲高，
哪一樹花紅。
哪裡寄存著什麼人的溫情——
溫情全藏在我的心中。

我們最好是訪問幾塊碑石，
或者是幾枝古舊的蒼松。

別贊那天上的彩霞
也別贊夕陽把我的面孔
照得多樣的暈紅。
——是紅麼？
唔，那紅是
為了另外一個太陽，
另外一個夢。

舞

圓大的眼睛閃著光，
像一對黑寶石。
眉毛彎彎的，
嘴又是那麼潤，那麼紅。
你真的喜歡麼？
為什麼那麼笑了又笑？
像是一樹春天的桃花，
開了一串，又一串……

為什麼笑了又笑？
你真的喜歡麼？我問你。
你卻合上了眼睛，

不肯說話。
四壁的圓燈改了顏色，
看，多暗，多紅。
你也加緊了步子，
我們轉啊！轉啊！
銀絲裙飄舞著，
有如海上的白帆船。

合上眼幹什麼呢？

是要我看你那長睫毛？
還是有別的深憂？
你又笑了，搖著頭。
為什麼呢？不說話。

舞著，舞著，我懂了你的意思。
你是說，別看了人的眼眉，
就追問人的喜樂。
有些不能回答的問題，
你也不要向人問起。

你笑著，緊貼著我，
善舞的腰肢越來
越輕了。

我嫌那音樂
都奏得太重了。

一九三六年十二月十五日

情人小贊

怎叫我不對他鍾情！
你看，他那長碩的臉上，
有一對會笑的眼睛。
他說話，有你意想不到的好聽。

我煩厭了所有的戀，所有的人，
無論他們對我陪過多少小心。
我只等他給我一個笑，
那笑裡，有多少神奇收蘊！

我懶聆一切的妙樂，
只愛聽他隨意說出的幾句話。

那聲音，那麼洪亮，那麼清，
像一位奏曲的聖手在彈琴。

也許他不認識我，不知道我的姓名，
但我心裡已種了相思的病菌。
單戀人的生命也許永遠是冷靜，
可是，我不怨——絕不怨他的無情。

一九三五年十二月二十三日夜

途中

我倦遊歸來的路程，
正是他剛走過的旅道。
在寂寞的途中，
他曾為我煩惱。

如今我坐在車裡，
又怎能把他忘掉？
呵！什麼時候啊！
我們能同車逍遙？

一九三六年二月六日　在平浦車中　滄州站

遇

你叫我「冤家」，
我罵你「對頭」。
好，我們就此分手。
你找你的路，
我有我的路，
你向南面轉，
我往北邊走，
我們永遠不再相見。
忍住了，誰也別想回頭，
（三年過去了）
想不到的是，
隔了這麼長久，

我們又會碰頭，
（也許因為地球是圓的）
你欣然地攜了我的手，
我們那歡喜的熱淚，
相互對流。

一九三五年十月二十六日早

小別

陽光撒在月台上，
忙碌的搭客在搬運行囊。
你坐在車裡，
我默默地倚著車窗。

汽笛響過了，又響。
再見吧！老李，
你也該回去，
望望家鄉。

去了，他去了，
這值不得悵惘！

我舉起右手，
把綢絹兒，向他揮揚。

一九三九年一月作

新年

昨夜的鞭炮響到今晨，
快樂的是街上的行路人。
彩牌樓攔在十字口，
他們說為的是慶祝新春。

國旗在每一家的屋頂飄揚，
紅紅的紙條也貼上了門牆。
誰都要作一個笑臉，趁著今天，
誰都願自己的生命透一點亮光。

但我想起，有一群苦難的兄弟，
他們早不認識什麼是歡喜，

在強暴的鐵蹄下(五年了)
也不能掛與我們同樣的國旗。

在今年,我不要再只認識歡欣,
起來吧!許多個心,合成一個心。
只要勇猛地向敵營裡衝……
殘破的也會完整,我深信。

黑的水,在鴨綠江裡結凍,
冷的雪,蓋在長白山的高峰。
讓熱血流到白雪上去吧!
那才是永不褪色的光榮。

一九三七年元旦

半圓的明月

半圓的明月啊！你，
正像我們這塊殘破的江山，
月有再圓的時候，
我們的江山何時收回？

未刊詩稿

情詩三首

（一）

我是真情地愛你，
但我不敢說：
我愛你，
因為你不允許。

忘掉你，忘掉你，
一定把你忘掉，
嘴裡說了一百個忘掉，
心中卻唸了一千句記牢。

（二）

到底愛不愛，
請你告訴我，
我在低低地問，
看你怎麼說。

愛你一首詩，
不一定要人和，
我有一個偏見：
單戀的趣味多。

（三）

你是那麼美，
你是那麼風流，
為什麼不許別人

把你記在心頭？

我偏要愛你，
偏不聽你的話。
我輕輕地問你
要給我什麼懲罰？

一九三六年二月十一日

萬山之王

我是萬山之王，我在高山深壑裡走，曲折嶙峋的道在我腳下如平路。那高山是翠幛，那棕櫚好比是大扇，那奇峰異石，彷彿是英勇善戰的勇將。那蒼老的古樹彷彿是足知多謀的老臣。那美麗的花像是美麗的宮娥魚貫而列。我在平坦的大道上飛馳，來不及回答他們的朝賀與歡呼，因為我要飛馳去看我那至高無上的神，他有一顆熱誠的心，一雙溫暖的眼在招我。

如盤的明月

白天，我盤了二十四盤山路，
晚上，我在盤山腳下住，
更有如盤的月亮
在盤山頂上歇，
這兒真寂寞，
只有我共明月。
對著這盤明月，
我要盤問：
我那如眉的希望，
何時能像
今夜的明月那樣的亮
　　明月那樣的圓！

愉快的旅程

白天，我過山過水的，
真快樂。
晚上，我看見那山頭
的老人峰，變了一個
仙人在我面前說故事。
他把樹枝折了一根給我，
說這是魔杖，可以趕去這世界上的虛妄與昏眠。
那金鐘花在我夢裡響
那燈龍樹在我夢裡亮？

四問

（一）

我問燕子說：
「美的春天來臨了，
你覺得快樂嗎？」
它在桃樹枝上一跳一跳地對我說：
「因為春的來臨，
我才能渡過廣大的海洋，
我才能站在您的面前，
啊！我哪有感到不愉快的呢！」

（二）

我向楊柳說：
「美的春天來臨了，
你感到愉快嗎？」
楊柳微微的彎了一彎身子向我道：
「因為春的來臨，
我的芽兒才能由無而有，
我的葉兒才能由黃而綠。
啊！我哪有感到不樂的呢？」

（三）

我向少女說：
「美的春來臨了，
你感到愉快嗎？」
他低了頭回答說：

「因為春的來臨，
我才覺生命又死去了，
一年一年死將去
把我的青春挨過了
啊！我哪能愉快呢？」

（四）
我也這樣的問了自己：
但是呵！
我也只能低低地嘆息！

咱們這就分了手

你走，你走，
咱們這就分了手。
溫存的話兒，
不用再說，
我說走，就要走。
別管我上哪兒去，
你有你的道兒，
我有我的路，
別擔心天太黑了，
路上不好走。
你去吧！
你有那活潑的彩鳳，

和苗條的西施。
還有一個什麼？
你說她雖不美貌，也溫柔。
那彎眉細眼的，
你又說她長得秀。
好了，你有你的
新知與故舊，
再別在我的面前
裝什麼溫柔。
試想不專一的情兒，
我怎會領受？
別再來纏我，
別再來攙我，
快去吧，
去挽你新知的衣和袖。

我偏要一個人走，
沿著湖邊，
踏著樹影，
撫著我雙肩的，
是柔軟的長柳。
白楊啊，你不用替我抱怨，
流水也別為我嗚咽。
自在的，我向著前面走，
我更沒有愛與愁，
抬頭看，
天邊的新月，
才是我的朋友。

洋槐樹

洋槐樹上，
開滿了一叢叢的黃花，
但是啊！
她們都是含苞未放。

洋槐樹下，
姑娘們擾嚷著，
「啊！我來折一枝大的。」
「我要折一枝，真香。」

美的姑娘，

把它佩在襟旁，
俏的姑娘，
把它置在手的中央。

姑娘們，
我愛的姑娘，
你們理會嗎？
美的花蕊兒，被你摧殘了。

雨後的昆明

雨後的天氣特別清明，
柳枝上的翠色隨著雨珠
滴了下來
我說這昆明的天氣
多像一個人，
你說他是晴吧
他卻來一陣雨，
你說他是陰吧，
他卻又是晴，
看現在太陽照徹了山前山後
我說我躲著你這太陽
綠色的潭水變成了金
金水裡一把一把的小銀刀在水裡遊。

大腹賈

大腹賈，大腹賈，
你那一身的肉
是從無數勞農的苦工身上刮來的。
你那滿面的油脂，
都是窮人的血變的。
你那綢袍是
貧女們的淚絲織成的。
你那巍然的大樓
是泥水匠的屍骨搭成的。
大腹賈，大腹賈。
你別不知道民生的疾苦。
多少的哭聲，

才造成你一個笑聲
多少的苦面
才造成你一個笑臉。
將來總有一天叫你屈服。

一九三五年十二月十一日

倦

忙碌的螞蟻上樹，
蝸牛寂寞地殭死在窗檻上
看厭了，看厭了，
知了，知了，衹叫人睡覺。

「螻蛄不知春秋」
可憐蟲亦可以休矣！
至多像殘餘的煙蒂頭
在綠苔地上冒一下藍煙吧。

被時光遺棄的華夢，
該閉在倦眼的外邊了。

八月二十六日

山雨

哪兒來的這陣雨？
從遠處？ 從近處？
為什麼這樣急？

一行一行的水珠往下打，
打得青山變了顏色，
打得老天也不敢說話。

驚心地聽著一陣比一陣緊，
綠田裡的麥子
也在擔心自己的生命。

柳枝兒駝了背，彎了腰。
它們像是在怨恨，
又像是在告饒。

隆隆的雷在山後面叫，
是想震裂哪一片地？

秋夜

紗門濾進了
一陣陣樹葉的氣息；
細細的幾聲，
從草根裡傳來了。

哦，這樣的深夜
是該剩給秋蟲了，
微風在用涼意催人呢！

從遠處飄來的火蟲，
卻依舊乖巧又頑皮；
溜到樹梢頭

又鑽下葉背後。

明滅在記憶中的
用手帕來網流螢，
提燈去探蟋蟀，
畢竟是童年的玩意兒了。

如今我只愛這一片靜，
倚著這不開的紗門。

在小花園裡

將圓的新月，剛升到天心。
婀娜的柳枝，在移動它的瘦影。
在晶明的月下，
呈現著午夜的寂靜。

「唔——你不要抱得我那麼緊，
讓我——一個人，享一忽安寧。」

微涼的晚風，已吹入深庭。
玲瓏的噴泉，在湧吐著它的金銀。
在依柔的風裡，
輕奏著水珠的清音。

「唔——你不要挨得我那麼近，
讓我——單獨的，賞一刻夜景。」

就刑之前

哦！死啊！我將要死了。
我將倒在這支槍下；
我將死在那槍彈爆裂聲裡。

殺我的人呀！
不要以為我會懊悔。
懊悔嗎？
不——我永遠也不會。
為了我的主義，
為了人的幸福；
我甘願作一個冤鬼。

我的朋友們！
不要悽悽地憫憐我！
也不用來救我，
去——
去救那些活著的朋友，
救他們，不是甚於救我？

死吧！就死吧！
沒有憂懼，沒有驚惶。
看喲！我很堅定，我更從容。
不要哭我，我的朋友。
也不要弔我。
這麼死，也夠光榮。

等著吧！總有一天，

引起了民眾的激動；
把我們的敵人趕走，
到那時候，
你們再慶祝成功。
到那時候，
你們再敲悼我的喪鐘！

七月九日作

遊山詩

聽著風聲、水聲、花聲，
數著一程、二程、三程……
挽著你的手兒，
我願多走一程。

踩著沙石，踩著青草，
踩著鮮嫣的小花；
我們靜靜地走著，
遍覽盛夏的繁華。

隨處是清泉，飛瀑，
隨處是曲折的流水；
像珠屏，像銀簾，
一扇，一扇的高掛在山間。

綠的樹，碧的河流，青的遠山，
看哪！我們是在
銀色的，翠色的畫裡流連。
（對了，我們好像是早已離開了人間。）

別問是將走到哪兒？
最高的山嶺，我要去，
不是嗎？柔脆的笑聲，
全都落在腳下的雲裡。

我們是山水的朋友，
雲霞是我們的伴侶。
走著，看著，熱手挽著冷手，
我願這是一個無盡的行旅！

一九三八年八月三日與P.H.遊南嶽時作

傘

我又支起這把舊雨傘，
真的是舊了
絳色的面子都褪了光
我支著它，好像扶著
一個多年的舊朋友。

傘啊！天天跟著我
擋住了太陽，
擋住了風霜，
綿綿不斷的雨來了
我支著它，就不會
再濕我的衣裳。

昆明的雨，使我想起
故鄉的雨。
雨在傘上響，
引起我的思鄉，
我在外面流浪
也只有傘是我的良伴，
我唯願到明年，
我再支起這把傘
擋的是我故鄉的太陽，故鄉的雨。

鳳仙花

鄉間的籬笆下那紅紅不謝的鳳仙花，
那淡綠色的葉子襯托在每一朵花下；
而深紅與淺紅像少女的頰一樣幽美，
姑娘們都採它下來點染纖秀的指甲。

一九三六年九月一日

街頭少女

彳亍在街頭的，
是誰家的少女啊？

消瘦的面容，
被路燈照著，
愈顯得蒼白了。
頭髮披在肩上，
被風吹著，
愈顯得煩亂了。

蓋在路上的深沉的夜色。
她呢，仍然在牌樓底下，

徘徊著，抖戰著。

永隨著她的，
只有地上的影子吧？
高個兒的警士，
也默默地向她巡察。

是誰家的少女啊？
這麼哀怨，這麼孤悽！

是從那兒走來的？
又將走到什麼地方去？

一九三四年一月十七日作

秋夜泛舟

要不是看見那輪明月；
嘿！我都忘了這「中秋夜」。
天怎麼洗得這般淨？
簡直沒有一點點浮雲。
水面上，有天，也有月亮，
正和那天空一般模樣。
那些荷葉也不再顫動，
難道它們也喜歡作夢？
鷺鷥也不振一振雙翅，
是不是為了時光已遲？
青蛙斷斷續續地哀鳴？
它們到底有多少幽情？

我知道人們在說我傻；
把一隻遊船往這邊划。
我打得湖水起了柔波，
不管他什麼秋氣蕭索。
別問我怎麼過這良宵，
你看，我往蘆花叢裡搖！

十二月十七日作

到島上去

媽媽！我要到那島上去；
答應我呀！到那島上去。
那兒長著嫣紅的桃花，
我要去——
我要去摘來插在鬢下。

媽媽！我要到那島上去；
答應我呀！到那島上去。
那兒流著清新的泉水，
我要去——
我要去喝進我的腸胃。

媽媽！我要到那島上去；
答應我呀！到那島上去。
那兒住著我愛的情人，
我要去——
我要去贈他一個長吻。

秋天的田野

乾燥的田壤
已沒有汗珠來侵濕了。
老農的背上，
已披上了藍布的短衣。
驢子身上，駝著禾黍。
耕地的水牛
也得了閒暇，
在田隴裡徜徉，
西風吹疏了路上的樹影。
落日照著黃萎的垂楊。

多少的勞苦，

換來了多少的歡欣！
歡欣掛在蒼老的臉上，
歡欣也落在
載穀子的車上。
走！他揮著籐鞭，
悠然地——走回
自己的家園。
從家園裡，
正冒著幽暗的炊煙。

一九三三年十一月三日作

阻礙

在花園裡，我散步在百花徑上，
青草正貼上我的腿；
我站住了，望著它們，
它們好像在說：「你幹什麼不給一點露水？」

在野原裡，我行走在樹枝叢中，
荊棘攀住了我的腳；
我停住了，望著它們，
它們彷彿在說：「你幹什麼不帶一把快刀？」

在山澗裡，我跳躍在碎石堆下，
石塊滾進了我的鞋；

我踢開石塊，望著它們，
它們似乎在說：「你幹什麼老是跑？也不歇？」

秋夜

從紗門外，
透進了葉子的香氣，
聲音從草根裡傳出來了：
噓——噓——

哦！是該蟲鳴的時候了，
風兒吹上肩來，
不已是涼涼的？

從遠處飄來的火蟲，
仍然是那麼頑皮，
飛到樹枝上，

又鑽下葉背底。

小時候，就愛
就著月亮拔拔草。
也愛趁著黑下
抓幾隻蟋蟀。
螢兒也從沒有逃過我的手巾包。

那會叫的蟲子，
那發亮的螢子，
都是我幼年的伙伴兒呵！

好伙伴兒，
要我出去跟你們玩嗎？
我真懶，真懶呢！

也不知是跟誰學的？
總是喜歡靜靜地發獃，
倚著這不開的紗門發獃。

常常去追念幼年，
忘記了現在！

噓——噓——
怎麼？秋蟲子，
也學會了嘆息？

一九三四年一月七日作

下弦月

松林裡的明月，
又成弓樣兒了。
姑娘你不要
呻吟。
也不要扶著窗子
悲傷。
那不過是
大地球暫時地
換了換方向。

一九三四年四月四日作

無題

杜鵑啊！不要啼了。
靜靜地息在樹間吧！
因為你的悲啼，
使我想到
一個被我棄掉的人
也在和你一樣的哭泣。

流吧！我的深思，隨著那一灣清水。
穿過了石澗，樹林，山峰永遠不要再回。
唱吧！我的靈魂跟著那一叢幽竹，
唱吧，我那安靜不了的靈魂，
跟著那流水「鏦鏦，錚錚。」

讓那吟吟嚨嚨聲音繞滿古屋，
流吧！我的深思，隨著那一灣清水。
穿過那石澗，山林，永遠不要再回。

十一月廿四日夜

告訴你

喂！告訴你，少來理我！
誰管你心裡燃著什麼火。

什麼叫美？什麼叫愛？
你跑到這兒幹什麼來？

不要說，我是把誰辜負，
知道嗎？我沒有開「愛的當舖」。

我不懂什麼叫熱誠，
我心裡，只有一片天真！

一九三一年十一月四日作

小酒鋪裡（商籟體）

你瞧，又黑啦！白天怎麼這樣短？
小鋪裡早點上了燈，溫熱了酒；
老王走了進來：「我也來取個暖，
來二兩白乾，外加肉絲炒韮黃。」
主顧光臨，劉掌櫃的就添了忙，
他搬了板欖：「您坐著，這邊有火！」
小禿兒端著酒壺嚷：「勞駕，借光！
老沒來啦！也不見您打這兒過？」
白色的酒，喝得他臉上發了紅，
累了一天，到這時才得一刻閒；
門外又刮了北風，窗戶在振動，
「時辰不早了，哥兒們，明天再見。」

「王師父，給您帶著這隻長煙袋，
可別忘了，明兒早點上這兒來。」

一九三二年十二月五日

冬衣

天冷了—冷了。
人們都懶得出門。
車夫張三的老羊皮，
裹在身上，好像一個活財神。
天還早哪！
太太還鑽在被裡。
先上門口瞧瞧。
一個撿煤球的閨女，
攬著筐子在小胡同口戰慄。
「小姑娘！不冷嗎？
穿那麼點衣服。」
「不——不冷！」

她回答，咬著牙。
一忽兒，
她從小嘴裡，
呼出短短的一口暖氣，
又拿手去接著。
「我也有衣裳啊！」她說。
昨天媽媽剛給收在當舖裡。
那一件，
還不錯，是棉的。

七月五日作

花的哀求

綠色的麥子變成金黃，
疊疊的秋實掛滿山莊，
我脫去了燦爛的紅妝，
結一粒種子藏在花房。

蒼老的農夫割著麥子，
頑皮的村童爬到樹上，
年輕的女兒跑了過來，
癡癡地在我面前探望。

啊！當心，姑娘，我的姑娘！
你別採了我去，也別把

我帶回家去，種在西牆。
讓我呵！就在這兒埋葬。

記著，明春我仍會生長，
在你時常經過的路旁。
也許你會忘了我，可是
花枝會攀住你的衣裳。

琵琶

我這瘦長的身軀，
總是摟在少女的懷裡。

我聽得見她的呼吸，
也聽得清她在嘆息。

當月色照滿桃林，
她會抱得我更緊。

眼睛悵望著月光，
多少柔情，都在天上。

玉手撥動我的長弦，
她要我唱出她的幽怨。

原是想把琴聲滌去憂愁，
但憂愁竟像水一樣地流。

淚珠浸濕了我，浸濕了她的衣襟，
是我的錯處啊！引得她這樣傷心。

一九三五年三月八日夜。

窗外

深夜裡有黑的大手，
在我的窗上敲打，
「誰呀？」我問。
聽著，沒有回答。
許多雙手在搖動……
女人的手，男人的拳，
野獸的利爪，
拼命地往上爬。
伸在上頭的小手，
又被大手壓了下去。
肥厚的手掌，
和幾隻爪子用力地扭，
遠處還有獵人

張著長弓在等。
人在喘氣，獅子在吼，
女人不斷地踩腳，
深山裡跑來的猛虎在長嘯。
呼嚕——呼嚕——
一陣比一陣緊。
我縮著身子，
怕那強硬的手，
要撞到我的肩上。
我焦急地推開窗門
窗外——
沒有人走過，
只有兩棵楓樹
在月下相對婆娑。

一九三五年十月作

叛逆

好，我就跟著你們走，
可不用拴住我的手，
捉到了我算你們聰明，
但你們抓不住我底心。

我底身體，有什麼可寶？
給你們吧！去表彰功勞。
朋友，這不是什麼恥辱，
只要是至死也不屈服。

我情願受殘忍的鞭打，
反正是不能吐出實話，

知道不？這是什麼時辰？
武力難滅偉大的精神。

我一天手裡有刀或槍，
就要去實行我的王張！
隨你們去叫我叛逆，
這國裡，將另換新旗！

少女之歌

你聽啊！少女們的唱歌；
多麼真率呀！多麼坦白！

「你不要說我是不怕羞，
我願嫁一個流浪的歌者；
我將挽著他的衣袖，
跟著他唱，跟著他遊。」

「你不要說我是那麼笨，
我願嫁一個古怪的詩人；
我將依在他的肩上，
聽他讀詩，看他作文。」

「你不要說我是在發痴，
我願嫁一個威武的戰士，
憑他那個樣的勇猛，
所有的敵人都由他殺死。」

「你不要說我太糊塗，
我願嫁一個可敬的叛徒；
憑他那個樣的思想，
準能闢出一條新的道路。」

你聽啊！少女們的唱歌；
多麼真率呀！多麼坦白！

從何處寄來的信

從何處寄來的，
這緋色的信封
藏著緋色的桃花？

我愛
這淡淡的瓣兒，
配著淡淡的芽。

是誰採下你來？
是誰送了你來？
我悄悄地問著花。

我怨
這幽靜的花兒
竟不給我回話。

一九三四年四月六日作

大街

鐵軌踩在腳底下，
電線網在頭頂上，
浮亂的人聲裡，
兼雜著噹噹的鈴響。
汽車輪子，電車輪子，
大車輪子，人力車的輪子，
一批一批地
在長道上滾。
皮鞋腳，布鞋腳，
老太太們的半大腳，
野孩子們的光腳，
都在車群裡混，

那車馬──來的，去的，
像河水流進
大海，又像海水
衝進了河口，
你瞧，儘管你瞧：
「那姑娘，憑什麼什麼都讓你瞧個飽。」
坐上了大汽車？
哦！傻子，那不是
姑娘的臉子生得嬌！
那車裡，抽香煙的，
不就是張闊少？
可不是，誰讓他
父親是大闊老！
木棍子，拿在老總手裡，
他指著來的車子

往長安街，
揮著去的車子
往北新橋。
皮鞋腳，布鞋腳，
他們還能和車馬，
賽一賽跑。
半大腳，可憐的！
沿著馬路，
一步一步地搖，
喝！喝！夜來啦！夜來了。
木棍子，揮盡了——
人群，車馬，一切的聲息。
不，不。那光腳的，
或者殘缺的人，
還躑躅在

寒風裡唏噓，
拿木棍的老總，
你將把他們揮到
哪兒去？揮到
哪兒去？

一九三四年三月十四日夜作

杜鵑

庭前一樹無言的梨花，
黑夜把它襯得更加沉默。
在最高的枝頭，
有一隻杜鵑在哀啼。
那悲切的聲音，
像是要把夜色啼破。
我徐徐地關上紗門，
不願聽。
它那終宵淒厲的吟哦，
到明朝，我定要去數：
它將那燦爛的白花，
啼開了幾朵，
啼謝了幾朵。

一九三六年三月六日

一群白鴿

屋簷上的鴿子相偕飛起，
搖著頸下的鈴，指著肩上的羽，
長一聲，短一聲，
散在空中的
是一隻輕柔的歌曲。

渡過了房脊，穿過了枝芽，
靈活的身姿，正像朵朵的白花，
飛到上，飛到下
旋在雲間的
是一幅逍遙的圖畫。

永遠往高處飛，高處活。
它們的符號是和平，聲音是快樂，
這個唱，那個和，
織在天上的
是一首美妙的詩歌。

一九三五年十月底作

懂

你說過，
天上的晚霞真紅，
紅得像一副
青年人的面容。
你的話，
我記得，
你又說，
晚霞裡，
需要一枝百合⋯
這些話，
我懂得。
唔，我懂得，
那純白的百合花也懂得。

一九三四年九月二十日

無題

她要一首美麗的情歌，
那歌是
從他心裡寫出，
可以給她永久吟哦。

但他不給，
她也不嫌他吝嗇。

她說：
「明兒我唱一首給你！
看你和也不和？」

一九三六年三月七日

明月

脈脈的銀輝，
送來無限溫慰，
我想到他的笑臉，
和月色一樣嫵媚。

他是一輪明月，
光華照滿人寰，
我盼他下來，
他卻說人間太煩！

一九三六年五月七日

相思豆

（一）

相思紅豆他送來，
相思樹兒心裡栽；
三年相思不嫌苦，
一心要看好花開。

（二）

他送我一顆相思子，
我把它放在案頭。
娘問：
「是誰給你的相思豆？」

一九三六年五月二十六日

我答是：
「枝上採下的櫻桃紅得真透。」

一九三六年五月二十日

女人

說女人像一首詩
不錯，像一首
抒情的短詩。

飛燕

春光照遍了大地，
芳草萋萋，
楊柳依依，
燕子忽忽，
在半空中來去。
美麗的燕子呵！
你是不是在那裡，
忙著為人們傳愛的消息？

一九三〇年

詩之春

萬條柳枝搖曳，
一片白雲紅際。
柳花色映紅了我們的春衣。
你和我，
我和你，
悄悄的
聽黃鶯兒啼。
靜靜的
享受這春天的詩意。

水上鴨

清清的溪水邊際，
碧綠的浮萍飄著，
雪白的小鴨游著。
水不流，
浮萍也不動了；
小鴨兒，
遊來，遊去！
清潔的河水啊！
你多麼神秘！
可愛的小鴨兒，
整日裡對你舉行Kiss禮！

月夜

青年們，歡笑吧！
已經斬絕了荊棘，野草，
前面是平坦而光明的大道。
朋友們，攜手吧！
我們一齊，走向那水晶宮——幸福之國。
在那裡，我們都在愛的沈醉中酣笑！

一九五〇年冬

再相逢

別再誇我是一枝娉婷的白荷，
有千萬個翠色的盤子托。
看哪，現在是頭上頂著風雨，
腳下踩著的是泥河。
你來，感謝你，
帶來的陽光那麼暖，
風是那麼和。
（正像我從前希望著的）
但，人生的過往，就難說，
我只覺光沒有從前暖，
風也沒有從前和。
說不定跟著風吹來的

是一串永不斷的寂寞。
假如你不來，
我想著的是：
過往的溫存，過往的熱，
未來是一團純淨的火？

一九四〇年八月十一日

譯詩集

露西之死

她居住在荒涼的地裡，
傍著德芙泉的流水。
她是一位無人贊美的，
又無人愛憐的妹妹。

像紫羅蘭般的幽靜，
半藏在青苔石邊，
像一顆燦爛的星星，
孤獨地照在空間。

露西死了，有誰知道，
一個無名的姑娘。
她永住在墓裡了，哦！
這使我感到異樣！

十二月二十八日譯

來喲！來喲！

誰願伴我躺在森林裡頭，
誰願唱一隻幽美的曲調，
應和著群鳥的婉轉歌喉？
來喲！來喲！來喲！
這兒，雖然有嚴冬的天氣，
但是呵！沒有可怕的仇敵。

誰願在亮的太陽下生活，
誰願拋開了一切的虛榮，
安然地，不厭這衣食菲薄？
來喲！來喲！來喲！
這兒，雖然有嚴冬的天氣，
但是呵！沒有可怕的仇敵。

十二月二十八日譯

飛

美國Sara Teasdale女士作

我們是一對飛鴻，
比翼盤旋在空中，
越過高山，
駕著清風。
陽光溫慰我們，
大雪摧挫我們，
雲追著我們盤旋，
破成一縷一縷的輕煙。

我們正像那飛鴻，
如果死神來抓我們，
我們倆只要有一個

恭順從命地走了，
其餘的一個也跟著，
讓飛停歇，
讓火熄滅，
讓書終結。

我的身體

我願我的身體沉在那深深的大海，
我願拋掉那地上的墳在水上找一個墓。
海底是這墓的深度，闊度正如我的遺骸，
讓那所有的水波在上下旋舞。
那可怕的魚兒把我的肉來吃，
這在活著的人都畏縮，
它們咬我當屍體還是新鮮、結實，
呵！也不等我死了一年之後。

達菲紐

達菲紐

你為什麼總是跟著我？追逐，
無論什麼時候，
我將化作桂樹一棵。
在任那一回的追跑，
我要從我這兒
投一個粉紅色的花枝，給你擁抱，
鑽過了山崗，跑過了山窩，
你仍是跟著我
Apdo！你追！哼！我逃！

他的生命安息了，他的心身比墓園上的雛菊更冷。

孩子們，穿過教堂的門。
從石碑上唸著他的姓名和生平，
請為他祈福，慈愛的靈魂，不問你是誰；
啊！也請為我祈福，為我贖罪。

少女的哀歌

我不愛他，現在他已經和我死別。
我卻感到異常淒惻。
他一說話，我就堵他；如果，他再能開口，
啊！我再也不去堵他。
我曾經細想過不愛他的道理，
我愛思悃憊，怨著他，也怨著自己；
想盡方法去惱他和我自己，
現在我願意呈獻我的情思
只要他能再回人世。
我將給他愛情，
只要他能甦醒。
他為愛我而生，又為失戀而死。

我為他費盡了生氣，他也曾為我如此。
我的生氣可以恢復，
熱情燃燒在孤獨的心腹。
呼吸自胸脇中迸出。
我在夢寐裡泣哭。
我流著淚，他也流過傷心的淚，
他曾是年復一年的長憂苦悲。
「仁慈的上帝」，這是他最後的祈禱，
「但願她嚐不到這種苦惱。」

我深深地記得你在微笑

我深深地記得你在微笑
當看見我把你的名兒
寫在沙灘上——呀！傻孩子！
你以為你是寫在石頭上麼？

我從此把你的名字寫下，
永遠不會被潮水沖洗去，
叫那些後來生在海那一邊的人們
仍能找到愛茵絲的芳名。
讀到，就看見愛茵絲的名字。

我從此寫下了

潮水永不能洗去的東西
留給那些天涯海角還未投胎的人們
讓他們讀到就看見愛茵絲的名字。

露絲阿麗梅Rose Aglmer
啊！有什麼用，那權威的皇家，
啊！神聖有什麼可貴！
算得了什麼，
道德和文雅？
這些你全有，露絲阿麗梅。

露絲阿麗梅，這雙常醒靈活的眼，
不能見你，只能哭泣，流淚
整夜的嘆息和追念
我奉獻你。

我愛的少女從不思念我
The Maid I Love never thought of me

我愛的少女從不思念我
當她是在歡宴中快活，
但是當著她的心或我的心
感到沉鬱啊！她再也不那麼無情。
她從支頤的手中抬起頭來，
親著我這青春消逝的雙腮。
天使們，為了這回事，在將來的時辰，
請賜她一個同樣的甜蜜而聖潔的吻。

我不與人爭（在七十五歲生辰寫的）
I Strove With None

我不與人爭，萬事都值不得爭鬥，
自然，我愛；藝術，我也愛。
在生命的火焰前，我溫熱自己的雙手，
當火焰快熄滅，我也就準備和牠分開。

我向來不與人爭，因為沒有什麼值得我爭。
自然，我愛；其次我愛藝術；
在生命的烈焰前我烘我的雙手，
它快熄滅了，我已準備好撒手拋開人寰。

你從來不說驕傲的話

Proud word you never spoke

你從來不說驕傲的話，
但在將來的日子
你會從得意裡吐出四個不免驕傲的字。
當你把玉手托著淚腮
看著我的書時，
你將說：
「他愛過我」——然後站起來，輕輕地走開。

我心沉重如許
My Heart is Heavy

我的心，重負著許多歌，
像成熟的果實，壓倒了樹枝。
但我永遠不能給你一首——
我的歌，不屬於我。

黃昏的時候，
白蛾在暮色中飛來飛去，
在這灰暗的時光，假如果子落地
把它拾起，沒有人會曉得。

水蓮花
Water Lilies

假如你已經忘掉
那群山圍抱的黑湖在過午的陰影下，
那湖上浮著的水蓮花，
假如你已經忘掉，
那個潤濕而迷人的清芬，
那麼，你可以回來，不要害怕。

假如你仍然記得，
那就去吧，永遠去吧！
去到那荒原或曠野，
那裡有超卓的池沼，

池上的蓮花，到夜來便含蕊，
群山的陰影也不會落在你的心頭。

我的心祇有在裂碎時才能歌唱
My Heart Sings only when it Breaks (in santa Barbara)

我已經快樂了整整兩個禮拜，
我的愛也正回到我的家中來。
天氣是金一樣的，銀一樣的晶瑩，
大海是翠石樣的平整。

大地由棕黃變到翠綠，
它經過了三夜的細雨。
紅點的梅花雀在谷中，
啄著樹木，梳著毛羽。

山的高處，一切都孤寂，
野鵝在湖上嘔歌，
我卻安靜得像玉石，
我的心唱歌，當它在破碎之時。

鐘
Bells

當著秋天晚上的六點鐘
西天上泛著疏淡的紅光
山谷中傳來教堂的鐘聲
道出這一天已經死亡。

第一顆星像鐵一樣的刺骨，
我為什麼突感寒冷
三種鐘：有不同的聲響，
在山谷裡鏗鏘地敲響。

威尼斯的鐘，海上的鐘，

山谷裡沉重而低微的鐘
在這煩囂的世上，沒有地方
可以使我忘掉日子在一天天死亡。

夏天的暴風雨
Summer Storm

這夜裡刮著
虎豹似的大風。
電閃像蛇似的，
曲著，發出銀光，
雷像獅子
在呼吼——但是，我們
在一棵樹下，坐著，
安靜而滿足。
我們在一塊曾遇到
幸運，愛情和痛苦，
為什麼還要怕

暴雨的怒呼？

虎豹似的狂風
經深夜裡跳出，
銀光閃爍的電蛇
蜿蜒的忽起忽滅，
獅子似的雷鳴
在狂嘯怒吼——但是我們
坐在一棵樹下
沈靜而滿足；
我們在一塊對付過命運
愛情和憂鬱，
怕什麼
狂飆怒濤！

大風雨
The Storm

我想著你，當我被驚醒
被那使我又喜又懼的風浪，
樹木發出巨大的呼號，
像大海衝起了波濤。

一個念頭在我心裡反覆，
黑暗在顫動，葉子在疏落。
我想，那準是你，來這兒找我。
你就是大風。

她能捆住你
She Who could Bind you

她能捆住你
就能捆住一把熱火，捆在高牆。
她能拿住你，
就能拿住一片瀑布在手上。
她能留住你
就能擋住風的吹動，
在月光燦爛的
春夜之中。

破碎的田園
The Broken field

我的靈魂是黑暗的鋤過的田地，
在陰寒的雨裡；
我的靈魂是一片被痛苦耕過的田園。

這兒長過青草
也開過彎彎的好花；
如今它已破碎，凋零，
等待另一個人來耕耘。

偉大的耕者；當你再邁進

我的田園時，
請把好點的穀種，
散在一行行的土中。

我膩看這春天
I have seen the spring

什麼都不鮮妍，我膩看這春天。
梅樹依舊白得像銀雲繫在路邊。
小鳥屢次驚醒我的晨夢。
牠們在誇耀自己的新戀。
草葉在風裡閃爍，什麼都沒有變。
什麼都沒有消逝，一切正像從前。
含苞的丁香依舊深如青紫，
榆樹的嬌枝依舊葉裡舞旋。
什麼都沒有消逝。
除了生命的華年。

冬夜之歌
Winter night song

你是否依舊要來唱？
我是否依舊要去聽？
我又將不顧冬夜的寒冷，
急急地推開窗櫺。

呵不，親愛的，呵不，
我要靜坐在爐旁思索。
縱然你雪中唱到夜闌，
我也不會憐憫。

縱然你的歌聲唱出了

森林，陽光和流鶯，
縱然你把海濤織入歌中，
散出了一字字的清音。

縱然是這樣，縱然是這樣，
親愛的，我也不會經心。
縱然白雪披滿你肩上，
縱然你的歌聲，變成呼聲

我要微睡，火也將熄。
美酒在地上寒凝，
時間在消逝，
白雪堆積門庭。

當我不跟你在一起
When I am not with you

當我不跟你在一起
我多孤寂。
沒有一件東西，
沒有一個人，
可以安慰我，除了你。

當你去了，
我就生病，
黑暗包圍了我，
空虛陪伴著我。
我嘗試過許多事情，

音樂，城市，
天上的星星，
和那大海。
沒有一件東西，
可以安慰我，除了你。

渴望在狂風暴雨中浸潮，
可憐的驕矜也傾倒，
像暴風雨中的青草。
這夜真不能忍受，
呵！讓我去找你。
沒有一個人，
沒有一件東西
可以安慰我，除了你。

To Electra

我不敢乞一個吻，
我不敢求一個笑。
我怕有了那個或這個，
立時會覺得驕傲。

不，不，我希望裡
最大的求乞
只是去親那
剛剛吻過你的空氣，

不要哭吧
Weep no more

不要哭吧，不要嘆息，也不要呻吟，
憂愁追不回逝去的光陰：
美麗的紫羅蘭既然凋殘，
甘露也不能使它滋繁。
展開你的愁眉，快高興點；
命運的終結，眼睛看不見。
歡樂是有翅的美夢，飛得多快！
為什麼偏叫悲傷常在？
哀痛只是災難的創疣；
溫柔的美人，不要憂愁，不要憂愁！

媽媽，我顧不得我的紡輪了
Mother, I Can not mind my wheel

媽媽，我顧不得我的紡輪了；
手指在疼痛，嘴唇在乾枯；
啊！假使您也嚐到這種煩惱！
但是，啊！誰又曾像我這樣的痛苦。

我再不能懷疑他的真誠——
別的人才會使用欺騙；
他總是誇我的藍眼睛，
他常說我的嘴像蜜一般甜。

新疆民歌

艾沙口述　徐芳譯

當你微動你的眉眼，
我就對你生了愛戀。
現在，你冷淡我，
你不認識上天嗎？
看，我多麼可憐。
我曾越過高牆，
邁進一座花園。
為的什麼？
為的是蘋果，
蘋果是為誰呢？
就是為了你。
但是被園主拿住，
深深地把我監禁。

死神還沒有降臨，
園主已要我的生命。
我不知，
你是我的情人，
還是一個騙子。
到今天，我才明白
你是欺騙我的人。
在月明的夜裡，
我踱到你住的街上，
那裡充滿了花草的芬芳。
我的小羔羊，我黑眼的愛人，
我要為你犧牲，
但我要留話給後人：
　　誰要能夠犧牲自己，
　　　　誰才能夠愛你

這是一首民歌，也是一首情詩。刊載此詩，在這兒應該有一點說明。我們現在抗戰，需要民族大團結，將來抗戰以後，這種民族大團結，更切迫需要。希望團結，第一應先彼此瞭解。我們不諱言，由于地理上的阻隔，我們還不夠瞭解新疆人民的風俗文化。然而這一首詩，說明了新疆士女的靈性和智慧，正和我們一樣。漢民回民要彼此尊敬，彼此理解，在尊敬與理解裡，才發生真的感情。真的團結。

散文

醉之夜

我並沒有飲到酒，但是我醉了。我並沒有聞到酒；但是我醉了。我醉了，我是深深地醉了。這是怎麼一回事？什麼使我醉了呢？

這是春天的夜裡，是月兒變成圓鏡的時候。這時，夜已深，人已靜，一切都去安息了。只有我還坐在樹下等待著，等待那月兒升到中天，等待那星兒們出齊。……啊！我不能寫出我所享受到的美感，只覺春夜的景色，特別溫柔，幽靜。春風吹來時，紫丁香花的香氣，也隨著襲來了。終日在囂嚷聲中，灰土堆裡生活著的我，又怎能不在這美景中沉醉呢！我的確是醉了，卻不一定要有酒才能使我醉啊！

花兒已收了笑容，鳥兒也去安眠，蝴蝶不再飛來；它們都休息去了──夜真深了呢！漸漸地，月兒掛在中天，星兒也出齊了。星光閃耀不定。月兒如瀉銀似的射到我身上。我的衣色變淡了，我的手也成雪白色了。樹木們受了月兒的照臨，也將自己的倩影印到磚牆上去，那疏清的影子，卻比一叢叢的真樹，有趣味得多呢！這不都是月亮姊姊所賜的恩惠嗎？啊！難得美滿的月姊來臨，我又怎能不恭候她，招待她呢？！她來了，我竟醉了。這醉和飲了酒的醉是兩樣的。我雖沒有嘗過酒；然而我倒敢確定這一句話。雖是我醉了，我的心卻和月一樣的明，我的情卻和夜一樣的靜！

靜靜地看著四週，我覺大自然的一切都被我佔領了。我自覺這暫時的，不費力的佔有；比有些人們的佔有其他，似乎更神秘些。

我想：假如我是這時候，這地方的主人翁時，我該多驕傲啊！無邊的自然界，應該是我的屋子。那掛滿星、月的長空，應該是我的窗幔。這短小的沙發就算我的床吧！那溫柔的風兒該是我的被。那花、草、樹木該是這間大屋子的裝飾品。那甜蜜的香氣，自然是我的美酒了。那麼，我將永遠的陶醉在自然的懷裡。這又是多麼幸福！我只希望自己再沒有醒的時候。

想到這裡時，遠處的狗吠聲傳來了。我那美夢被它打斷。別的事又到心田上來。

我又想：假如，我當著深夜時，跑到了荒野裡。獅子、獵狗、老虎、狼……都在吼叫著，爭吵著，我是多麼害怕呢？我將去打狗嗎？我不能。我將去打虎嗎？我更不能。但是，森嚴包圍了我。我將怎麼辦呢？呀！這可怕的事，我不敢想了。

抬頭看見明月對我微笑，我忽然又不怕了。我怕什麼呢？我有法子來制它們了。

我想：假如，我是遇到了這可怕的事時，我絕不去咒罵它們或殺它們；雖然也是因為我沒有那種能力。我將作一個創造之神。將樹木栽起，使花兒開放。把小鳥帶來唱歌，把蝴蝶引來跳舞。將低的地方鑿成河流，高的地方堆成小山；河裡充滿了金魚，山上結遍了果實。那麼，猛獸也許只去享受美景，而不再爭鬥了吧？我也不會再害怕了吧？……

想到這裡，我喜歡極了。可是，月姊的笑容減少了，大概是她累了吧？這時，夜風吹散了我的短髮，吹開了我的衣裙；我覺到幾分涼意。不覺站起來，把院子的燈擰開，我覺自己又在白天裡了，便慢慢的走進自己屋裡去。

哦！這一夜，我是醉了。要不然，又怎能有這離奇的想像？的確我是醉了，是被夜色陶醉了。

（註：本文為國立北平大學女子師範學院的作文習作。老師的評語為「輕曼玲瓏」。）

春天的早晨

清早的時候，我獨自坐在西牆邊的石階上，我的眼睛懶懶地看著四境，我的心情悄悄地想著一切。我看到了什麼？我不很知道，我想到了什麼？我也不很知道。什麼都是模模糊糊的。

這是一個春天的早晨，很早的早晨；太陽還沒有完全出來，夜色或者還沒有褪盡。掛滿花蕾的綠樹，儼然立在我的面前；活潑的小鳥盤旋在枝頭，吱喳，吱喳地叫著：所有的一切都是清靜，幽美。

天色漸漸地大亮了，陽光竟直射到我的眼簾上來，這時我已沉醉在春光裡，不覺兩隻手升起打了一個呵欠。我好像還沒有睡醒，覺到無限的疲乏，無限的困倦。……忽然間，我目前的一切，都變了。

我恍惚看見太陽發出特別的金光。光線照到前面的丁香樹上時，丁香的花，一齊都開了。全樹開遍了十字形小花，下面襯著嫩綠色的葉。多美麗啊！花兒被劇烈的陽光照著，也現出一種淡黃的顏色。春風吹來時，花兒、葉都微微地撼動。由春風裡，我好像聞到了一陣陣的花香。

這時，我再聽不見小鳥的叫喚；只聽見微細而幽揚的聲音，是樂器的聲音嗎？不一定是。是人們的歌唱嗎？也不一定是。我說不出那美妙的聲音是什麼，我只叫它作「仙樂」。那動人的「仙樂」啊！它引得我向前走了好多步。……

我又看見一個個穿金黃色衣裳的人兒。她們的長髮披肩，在花叢上一面舞蹈，一面唱歌。他們是「花神」吧？花神們是多麼美麗呀，多麼快樂呀！我是說不出的羡慕她們。我又向前走了好多步。

忽然間，有一位花神來拉我的手，她輕輕地對我說：

「你要來玩嗎？請來和我們唱歌，跳舞！」

我這時心裡是多麼喜歡啊！趕忙隨著她跳上花叢了。但是我又想：我的頭髮這麼短，我的衣服這麼重，又怎能和她們在一起呢？又想著趕忙跳下去。當我低頭往下看時，我也和她們一樣了。心裡真樂極了，便隨著她們跳起來。

在那美的境地裡，我是快樂。怎樣樂法？我說不出來——只是我想永永的留在那裡；因為那地方和所理想的樂園，有一點相像。於是，我對那位引領我的花神道：

「花神啊！我告訴你，我是人間的孩子；但是我已厭倦了人間的一切。你也許知道吧！人間是多麼黑暗，多麼虛偽。殘忍的事，不幸的事，常常充滿了人間。那可厭的人間啊！我願離開它。我願我能永遠留在這裡！這裡是多麼光明，美滿而快樂呢！花神啊！這兒可能容我嗎？」

花神聽了我的話之後，並不對我表同情，只現著一種驚奇的神色。她扶著我的肩，很親切的對我道：

「難道你不喜歡那可愛的人間嗎？這真讓我奇了。你不知我們是多麼渴望著到人間去呢！我們的生活，只是簡單而無聊。啊！人間，人間是多麼偉大呀！它是充滿趣味和愛──那純潔而普遍的愛！你，可愛的孩子，不要厭棄人間吧！我們這裡只有煩惱和怨哀。我每天只希望著這裡變成一個偉大的人間呢！」

啊！我愕然了。這麼美的仙境，還有人對它不滿嗎？好奇心驅使著我，我又問了：

「這話是真的嗎？我總不相信呢！」

「哦！你不相信嗎？我帶你去問問她們。」

真的，我們去問了她們，她們都縐著眉兒點頭道：

「是的！這是一塊極沒有意思的地方。孩子！你不要以為這是仙境呀！當我們感到無聊時，我們常常要丟掉手中的樂器去流淚，或停止我的舞步去泣哭的。你想這是多麼沒味！你是人間的幸福孩子。回去吧！快回到你那偉大的人間去，我們還想跟你去呢！」

深瑣眉兒花神們的話，我聽呆了。難道仙國裡也有怨哀嗎？我卻不十分相信呢！我還是想毅然決然地留在那裡；可是我又怕將來感到和她們一樣的怨哀，那不會和人間一樣的沒趣了嗎？雖然，我仍是懷疑著，我又問：

「那麼……」

我抬頭向那些花神說話，花神都不見了。仔細看時，一切都沒有了，一切都變了。

陽光不那麼亮了，丁香花的花蕊仍是沒有開：什麼都和剛才一樣，只是太陽升得更高一點了。

哦，我的眼睜了，一切都清楚了。那是在作夢嗎？不，不是的；恐是一個Vision吧！人們總是不滿於目前的一切，而喜歡去期待著新理想的實現。新理想好容易實現了，新的不滿接著就來，更新的理想也隨著新不滿而生了。這樣，人們便永遠得不到快樂而且永遠是傻子。我呢！承認自己是一個最傻的孩子。

（註：本文為國立北平大學女子師範學院的作文習作。老師的評語是「幽邈、雋峭，兼而有之」。）

薔薇

吃完下午那頓點心後，誰也不想再作什麼事了。大家都要跑到院子裡去——這是我們的慣例；尤其是當著父親、母親都在家的時候。

星期六的下午，母親頭一個悄悄地走出屋子，在搖椅上坐著。她並沒有號召我們；我們都不知不覺的圍在她身旁了。一會兒，父親也出來了，他把手放在後面踱來踱去。他總是愛在院子裡徘徊著看花，雖然院子裡沒有什麼好的花。

真的，院子裡沒有什麼好的花。榆葉梅的花在一月以前就萎謝了。丁香樹也已脫去了它那白色的上衣，而穿上了綠色的斗篷。那窈窕的迎春花，恐怕是因為春已回去，早就沒有它「迎」的責任；所以，它的花連一點影兒都沒有了。只有那晚開的紫丁香，正開著桂花般的朵兒。還有幾株牡丹也稍稍地開了幾朵花；來盡它點綴自然美的責任。惟其是它長得少，所以它是受一家任何人的珍愛，除了二哥那二隻淘氣的小洋狗之外。更有那擺在院中的薔薇，也展它那緋紅色的花瓣，在微風裡搖擺著。那些蜜蜂們的訪問，似乎給它增加了無限的光榮。

初夏黃昏時候的太陽，已掛在前院槐樹的大枝杈間。地上的花影已看不見了。鳥，也吱吱地往回家的路上歸去。

「喂！你們看，這裡又長出一個芽來了。」父親忽然指著牡丹對我們說。父親時常喜歡看看樹木的生長和花朵的大小……等；這是他老人家閒著的時候，最愛作的事。

「對了！長得已經不小了！」我們都跑到父親面前，看見那小芽兒，便嚷了起來。母親仍是坐在那兒不動。

「媽媽！你去看啊！」弟弟拉著母親的手，由廊子上走了下來。其實，植物長了一個芽，又何值得那麼大驚小怪；但是，我們卻時常這樣。

母親低著頭看了一下，只說了一個「唔！」。一會兒，話兒又轉到別的地方去了。母親說：

「日子過得真快，我還記得去年這時大哥還由法國寄來許多照片，轉眼間，一年又過了。這兩天該有信來了。……」

「媽媽！日子過得快，還不好？過一年，不是大哥回來的日子，更近一點了嗎？你說是不是？大概我們快接到他的信了。」我扶在母親的身上，這麼說。

「這兩天的雨下得真不小。南邊的一定更多。大姊出嫁時，我也忘了給她買件雨衣，無錫那多雨地方，那能沒有雨衣？你們寫信時，告訴她，我要為她買件雨衣，問喜歡什麼樣子？」母親忽然想到大姊；所以這麼說。母親總是喜歡，當著大家集在一塊時，去想到遠離的兒子和女兒們。

「媽媽！老是這樣，一會想這個，一會想那個。雨衣要在南邊買才便宜，叫大姊在南邊買得了。省得麻煩。」這是二哥說的話。他的話，向來是這一種論調。

我於是插嘴說：「二哥！你說的話，那叫廢話。母親想起了大哥和大姊，所以要說他們。那你也管！趕明兒，你要到了外國，母親也是這麼想你。難道你不愛？」我說完了，毫不客氣在他肩上打了兩下。

「對！對！四姊的話有理。二哥不對！」六妹說完，拍著手，跳了起來。母親也微微的笑了。父親對我們的話，向來不注意的，所以或許本不知我們在說什麼。二哥當然也沒得可說了。

「爸爸！我剪幾枝薔薇插在瓶裡，成不成？」弟弟拿著剪子，想著剪。

「嗯！」

於是弟弟和六妹，都去剪那美麗的花。

「喂！你還不去剪花去？」二哥又問我。

「我麼？才不剪呢！那天我看這花開得不錯，便想去支起那倒下的一枝，誰不知它刺了我一下。這是什麼花？我再也不愛它！」我說。

「你就是這樣！好看的花兒也會不愛，說它有刺。那麼，誰叫你去管它的刺，叫你看的是花啊！花兒有刺，你可不必理它，你不會去看花的樣子和形狀嗎？這跟我們活著是一樣的。有快樂的事，就有怨傷的事。你就不會去，去掉怨傷而快樂嗎？這是一樣的道理，那兒那麼傻？」他可找到了機會教訓我。

「誰傻……」我回答了這一句，忽然停止了。的確我是傻。世界上的事，都是相對的，又那能因為小的不好，而去拋棄它的全體？為什麼不愛薔薇？愛，愛，死也要愛！

於是我跑到花盆前去吻它，它的馨香，滲入了我的心。我感到無尚的快樂！

「我說你是傻子，果然沒有錯，你不是說不愛嗎？為什麼又去聞它？」二哥又說我

了；其實，他那兒知道我內心的轉變呢！

吃晚飯的時候到了。我們的談話和遊戲都停止了。但是，我對於薔薇的愛是永遠不

會停止的。我感謝二哥對我說的話。

（註：本文為國立北平大學女子師範學院國一的作文習作。老師的評語是「清雋」。）

我的悲傷——懷念徐培根

我與徐培根將軍相識於四川重慶。

我倆於民國三十二年九月五日下午三時，在重慶中國留德同學會結婚。我們沒有發帖子請客，僅是至親好友參加而已。當時證婚人是何敬之將軍，男方主婚人是陳公俠將軍，女方主婚人是我的姨丈丁慕韓將軍，男方介紹人是熊天翼將軍，女方介紹人是羅卓英將軍，男儐相是由我外甥李贛驥上尉擔任，女儐相是和我最要好的居載春小姐。婚禮時，行禮如儀，沒有什麼人講話，只有證婚人讀了一篇頌詞，婚禮就完成了。培根忙著送各位長官離去，我便在休息室忙著換裝。妹妹、侄女們幫著把白色禮服脫下，換上一襲淡粉紅色的長旗袍。我沒有帶什麼手飾，只有一個別針別在襟上，一個鑽戒帶在手上，一隻浪琴手琴圍在腕上，這三件都是培根自美國帶回來送我的。手上握了一個白色珠子皮包，是表嫂趙武夫人自巴黎帶來給我的，就是這樣簡簡單單，沒有別的飾物。

喜宴擺在同學會的大廳裡，幫忙的人說，開了八十多份西餐。多數是我的親友，其他同事同學一概未敢驚動。因為培根甫自駐美軍事代表團歸來，所以代表團的同事好友也有好多位，氣氛十分歡樂融洽，最後由我的表妹丁惟誠女士唱了一首英文歌助興，博得滿堂喝彩。

餐後，警察局長徐中齊先生家中有一小型舞會，約大家去參加。因為兩地相距很近，我們就去跳了幾支舞。十一點多，我們便回到我們自己的家了。

婚禮過後，我們都忙著做事。他一天假都沒有請，第二天一早，就去山洞陸軍大學辦公了。三天後，我也回我的農民銀行上班了。因為他比較忙，不是天天回家，只每星期六回家一次。抗戰的時候，要節省汽油，不能每天都來去的跑。尤其那時候的汽車，車況都不太好，每星期能回城一、二次，已是很不錯的了。因為不是天天見面，所以他一回家，我們倆人總是雙手相握，好像有訴不盡的深情與蜜意，倍感溫馨。週末、週日，常有親友邀宴，我們倆人總是同出同歸。那時候的陸大學員，多數都是年輕未婚。有了對象，要結婚的時候，都是請教育長證婚。差不多每個月，都有證婚的節目，我也就跟著去看新娘子，覺得非常有趣。

我在銀行做事，待遇比較好。而他的軍人待遇，比我少了許多。因此，所有家中的用度，都由我來負責。他的薪餉袋子，我從來沒有拿過，全部交給副官匯給他的兒女，作教育費用。我們平時過的儉僕的生活，故也沒有覺得錢不夠用，培根也覺得我這樣的安排很好。

培根一向喜歡整潔。房子內外都要整齊乾淨，屋裡不一定要擺高貴的傢俱，但是要雅緻美化。園子不管大小，都要花紅草綠，他才喜歡。他本人也很注重儀表，不論穿軍裝或西裝，都要合適稱身，才肯出門。娛樂方面，他喜歡騎馬、游泳、音樂、跳舞、旅行。但是我一向不愛運動，在學校讀書時，德、智、體三方面，德與智都是甲，體育方面永遠是乙。這我就跟不上他了。尤其游泳，我最怕下水，只有在岸上看看了。我倒是很喜歡跳舞，但是跟他一比，又是差得很遠，只有隨著音樂，跟他亂蹬一陣子。剛一開始，他就跟我說，家中不要打牌，因為他在大學禁止學員賭博，故家中也不能擺桌子。我說本來就不會打牌，絕對不會與你背道而馳。所以這幾十年來我從來沒有打過牌，以示我對他的尊崇。他每天早上喜歡練字。他寫的字，我倒認為很美。

我們雖是夫妻，但是彼此互不干涉。他在大學做些什麼，我從不過問。我在銀行怎麼上班，他也不多打聽。山洞的陸大，我也很少去。偶爾有什麼晚會，我去看戲，戲散了之後，我也不去他的宿舍停留。我總是到街對面的游龍山十五號萱妹家去住。第二天就回城上班。我總覺得公是公，私是私，不要攪在一起。他住的是教官宿舍，我去走動，諸多不便。我可以說，我從未去過他的臥室。後來校旁有一小型院子，裡面有二房一廳，是專給他住的。我去過幾次，但也很少。培根說，你這樣很好，可以免人閒話。

抗戰勝利了，我們還到南京，他仍在陸大，我仍在農行。我倒沒有什麼，他可更忙了。因為陸總辦了一個陸軍參謀學校，他是兼任校長，籌備建制開學，是很辛苦的。但是，他一向身體很好，倒也不覺得累。後來計畫在孝陵衛為陸大及參校建新校舍，真是費盡了心機。好不容易房子建成了，還未遷入，共軍來侵，又要搬家，一番心血白費，這是令他最傷心的事。我常說，有一天我們會回去的。可能在最近的將來，我們都會回到我時刻想念的金陵的。但是就是沒有我們這位老教育長同行了。多麼可悲！

三十八年底大家來到臺灣，陸大、參校無處可棲，只有遷到新竹暫住。培根又是經常住在新竹，主持校務。我仍是老觀念，從來沒有去過新竹。他有副官、司機等人照料一切，我也放心了。可是農民銀行結束了，我也無事可做了。鐵幕深鎖，孩子們的教育費，也沒有法兒寄了。薪餉包拿回來，就由我支配。有多少錢，過多少錢的日子，也沒有感到有什麼困難。

光陰過得真快，來臺已經四十多年了。這多年來，他一直沒有閒著，一直是在軍中服務。起初是在參謀本部擔任參謀次長，副總長；同時是陽明山革命實踐研究院的院務委員。離開參謀本部，就去國防大學做校長。後又在國防研究院擔任教育長，有十四年之久。研究院在陽明山，也有一幢房子給他住。但他每天都回家，沒有在山上住過。年紀漸漸老了，在山上忙了一天，可能他喜歡回來，多享一點家的溫暖。

民國六十一年九月初，國防研究院停辦。培根可以不必上山奔波了。對他來說，這是一件好事。年紀大了，多休息，不勞累，是應該的。可是別人可以接著辦啊！這樣停掉，豈不可惜！

不上山了，可是他每月還要去國民大會，及光復大陸設計委員會開會。兩會的國防組、軍事組，他都擔任過召集人，主持討論會。最近三年以來，他的聽力稍差，聽不清楚，容易誤事。國大的軍事組由徐華江代表繼續努力。光復會的軍事組由秦修好代表主持一切，都是很恰當的安排。他平時在家看書、習字、作畫；日子倒也過得平順愉快。

他原來有一女二子，三人都是浙江大學畢業。長女思衡在杭州，作農業經濟研究工作。長子思平在美國做機械工程方面的事。次子思均，執教南京郵電學院。我們的女兒振容，臺大畢業，美國康乃爾大學醫學院的生物化學博士，後又去耶魯大學得了一個超博士的學位。女婿李大衛Dr. David J.Litman是與振容同班同學又是同行。現同在美國邁爾斯Miles製藥公司任職。大衛雖然是美國人，但他品學兼優，溫文儒雅，所以我們都很喜歡他。另一個女兒思行，留在大陸，沒有帶出來，她是在我堂姊徐政姊家中長大。姊夫王同觀醫師，他是蘇州醫院的院長，無有兒女，他們待她如己出。思行雖未在我們身邊受教，但是她容貌美麗，性情溫和，聰明懂事，又寫的一筆好字，令人喜愛。她和她的夫婿方連壽都在蘇州農校教書。希望以後我們能常聚在一起，再不分離。小子振桐在臺北出生，媳張純華是臺中人。他們在此都為政府工作，職位不高，但還知努力。

培根身體一向健康，很少生病。此次因攝護腺腫大而住院。先在三軍總醫院住了兩個月，後又至榮民總醫院住了半個月，看看情況轉好，就回了家。後因不思飲食，人太消瘦，再入三總，於八十年二月八日清晨八點去世。享年九十六歲，此去，永不再回，全家哀痛萬分！在住院期間，三總的李賢鎧院長、國防醫學院的尹在信院長，及好友顏春輝博士夫婦，都常來探望慰問。三總的泌尿外科主任張聖原大夫，及胸腔科主任沈建業大夫，都曾悉心治療。各位護士小姐，更是慇勤的服務。榮總的外科主任張心湜大夫，關懷備至，每天都到病房探視。在此要向他們，致最深厚的謝意。

治喪期間軍、政各界的長官，同事、同學以及至親好友，都熱心的協助料理一切，這一切情誼，充份的澆注在死者及生者的身上，令我們終身難忘。

綜觀培根一生，剛正不阿，戮力任事，從不鬆懈，他到底對於人類、社會貢獻了多少；他的著作有無價值，我不敢說。不過，他對於國家的忠心與熱愛，我是敢於肯定的。

培根，是我最敬愛的人，他走了，而且是永遠不回來了。我的悲傷，是非筆墨所能形容的。我只盼下一代的兒女子孫，好好的做人做事，以慰他在天之靈。

八十年十月八日於臺北雙桂軒。

（註：原刊於《中外雜誌第十一卷第四期，一九九二年四月號》）

小說及報導

花燈

（一）

我披著斗篷，剛剛走到二門口。

外面喇叭在響。

我走到大門口的時候，爸爸已經由車裡走下來了。

「咦，準是爸爸回來了」。我想。

「爸爸！回來啦。」我正要往門外頭走。

「回來了。哪兒去？玲兒。」爸爸正攔住我的路。

「我要出去。爸爸，有人請我吃飯。」

「吃飯？天晚了，別去啦！」

「不，叫我去吧！人家等著我呢？」我想從爸爸的大衣袖下鑽出去。

可是又被拉住了。「玲兒，別去。聽我的話！」

聽爸爸的話。我又跟著他走了進來。我們一直走到爸爸的書房裡。

我替爸爸把帽子掛在帽鉤上，把大衣掛在衣架上。大衣好重哪！差一點兒，我就要掛不上去了。

他坐在沙發裡，我坐在他的旁邊。

為什麼不叫我去呢？我不明白。

「誰請你吃飯？」爸爸問我。

「有人請：你別管是誰：」

「說啊！好孩子。」爸爸把煙盒掏了出來。我打一根洋火給他點上煙。

「說出來，叫爸爸聽聽！」爸爸嘴裡冒著煙。

在爸爸的面前，是不應該撒謊的。我不是好孩子嗎？我應該說實話。我說了。

「是若蘭的叔叔。」

「誰？」

「若蘭的叔叔。若蘭，你不知道嗎？⋯⋯」

「知道。那個常來找你玩的姑娘。」

「對了！她的叔叔，是她父親頂小的弟弟，所以都管他叫『小叔叔』。」

「嗯—嗯—怎麼樣呢？」爸爸的眼睛半閉著。

「小叔叔是大學裡的學生。可是我認識他是在若蘭家裡。他是活潑的，有禮貌的。他會演說，會跳舞，還會拉懷娥鈴。演說，他在學校裡得過第一獎。跳舞他還教過我呢。⋯⋯」

「你跟他出去跳過嗎？」

「沒有，我就沒有跟他出去玩過。」

「嗯—說下去。」

「他是化學系二年級的學生。爸爸！我不是兩次理化考試，都得九十多分嗎？那全是他給我補習的。」

「他是聰明的，活潑，又有禮貌。他的衣服是棕色的，他的鞋是棕色的。他的臉呢，也是有一點棕色。可是他老那麼可愛。」

「還怎麼樣？」

「沒有別的。今晚他頭一次請我。我不願失信。爸爸！我想去成嗎？」

「別去。天太晚了。」他撫著我的頭髮。

「那怕什麼呢？快放我走吧！不然，真要晚了。」我把爸爸皮袍子的下擺，擱在手裡揉。

爸爸不理我，好像在愁什麼似的。

「爸！快放我去吧！」

「不能去。玲兒。你太小。」

「我？為什麼？」我好驚奇啦！

「你幾歲了？」

「我嗎？十五啊！」

「十五歲。對了，孩子，別隨便的出去和人來往。你愛玩，我帶著你。你還小呢…」

「怎麼？」

「等你大了，爸爸許你自由，許你…」

「什麼時候才算大了呢？」

「到那時自然告訴你。」

我多彆扭啊！我是想出去，可是爸爸不讓。我是想著他，可是我也不能忘了爸爸。爸爸的話，不是應該聽的嗎？我低了頭想哭。哭，多沒出息啊！

好，就聽爸爸的話。

「那我不理他？」

「不是不理他。少和他在一塊玩。不會的功課，我來教。初中二年的課程，我還能教。」

「好吧！」我把手絹兒撦到爸爸的臉上：「要到能讓我自個兒出去的時候，告訴我。」

「那當然。」他把手絹兒拉了下來。「又淘氣！又跟你爸爸鬧。」

「聞聞，香不香？」手絹上剛擦了香水。

「香。明天再給你買一瓶，只要你聽話。」

「那也好…」

老王進來了。

「飯，開好了。老爺，小姐，請吃飯去。」
「好，玲兒，起來，吃飯去。」
「爸爸，我打一個電話。」
「叫老王打。」
「老王，你打電話到ｘｘ酒店，告訴ｘ先生，我不去了，謝謝吧！」
「是——」老王走出去了。
好孩子。我是好孩子。我愛爸爸，我聽爸爸的話。我乖。
「爸爸，我是不是乖？」
「乖！我的玲兒，真乖。」
爸爸右手挾著煙捲，左手摟住我的脖子。
我躲在他的袖子底下，跟著他一同往吃飯間裡去。

（二）

真奇怪！我作夢了。有趣的夢。
我夢見花，夢見太陽，夢見小叔叔，爸爸。
好像是一個春天的早上。太陽照在柳樹枝上，鳥兒在枝上叫著。地上有綠的草，黃的花。

黃的花，真好看，排成一行一行的。花的旁邊是路：窄窄的，平平的路。

我和小叔叔在路上走著。

他穿著灰色的衣服，灰色的鞋子。他是活潑的，有禮的。我穿的是黃色的紗袍子，那黃色，跟地上的花一個樣。

我們慢慢地沿著花徑走。

地上有風，很小的風。吹著我的紗袍子，捲到花朵上，又捲到他的長褲腿上。

我們輕輕地談著，輕輕地笑著。

我忽而抬頭看看，光明的太陽；忽而低頭看看，自己飄動的紗袍。

小鳥的歌聲，一聲聲的，送到我們的耳裡。花裡的清香，一陣陣地，撲到我們的鼻上。

我愛這太陽，這小鳥，這黃花。我也愛和我並肩走著的小叔叔。

他愛我的黑頭髮，黑眼睛，彎眉毛。他說他最愛大眼睛、黑頭髮的姑娘。他常常讚我的眼睛大，頭髮黑。

我就怕他讚我。他一讚我，我的臉就發燒，我怎麼這麼愛臉紅呢？

走著走著……走到一棵古槐樹下了。

「咱們歇會好嗎？」他問。

我點了頭。我們坐在樹根子上。

槐樹影子，照在他的身上，也照在我的身上。

我格格地笑了：「你看，我們都穿了花衣裳了。」
「可不是。這天成的花紋。」他也笑了。
三分鐘的靜默以後。
「你不是說給我唱歌嗎？」他問我。
「唱不好啊！」我說。
「幹嗎客氣呢？唱吧！」
我唱了。我低著頭，我唱了一曲「夢裡情人」。
當我唱到末一句的時候，他握住了我的手。他搖搖我的手：
「唱的太好了。」
「別這麼讚美我，你應該指教我。」我知道他心裡太喜歡啦。
「聽見唱這歌的人多了。可是只有你唱的最好。又柔和，又響亮。」
「你也該唱一曲，給我聽聽啊！」
「唱什麼呢？」
「隨便吧！」
「你別笑我，唱得不像樣兒。」他想了一想：「唱『法蘭西行軍曲』吧！」
天啊！他的歌聲好宏亮啊！那宏大的聲音圍繞著我，我登時就覺得自己是縮小了似的。
鳥、花、樹、草，都好像在停止了呼吸，聽他的曲子呢！我跳了起來。

「哈—哈—這回沒唱好。」他說。

「喝！雄壯的調子」我簡直不知怎麼說他好才是。他真是個英雄啊！

「趕明兒教我啊！」我是下了決心，要學這個曲子。

「好吧！」他也站了起來。

我們又往前面走了。

樹上的雀子噪了起來。它們是想學小叔叔的唱歌吧？它們怎麼學得會呢？我想。

走了還沒有五步，爸爸來了。

爸爸迎著我們走了過來。怎麼又碰見爸爸呢？到哪兒都碰見他老人家！

我想躲到古槐後面去。爸爸已經站在面前了。那兒碰得那麼巧呢？我想笑。

「爸爸，從那兒來？」

「在前面喝茶⋯」

「哦—這是我的爸爸。這是x先生，也就是小叔叔。」

「老伯，久仰」。他向爸爸鞠躬，深深地。

「呵—呵—到我那邊去喝杯茶吧，X先生。玲兒一同去。」

「好吧！快去！」我扶著爸爸的肩跳了起來。

我怕爸爸要罵我。誰知他要給我茶喝，也請著小叔叔，我多樂啊！

爸爸和小叔叔談著，很高興地。

我心裡喜歡。我不說話，忙著喝茶，也忙著笑。笑得我直咳嗽。咳嗽完了的時候，爸爸沒有了，小叔叔也沒有了。什麼都沒有了。他們到哪兒去了呢？我是做了一個夢呀！一個特別的夢。

（三）

今天元貞穿了一件新大衣。一班的同學都看她。她是那麼得意啊！把大衣裹在身上給大家看。

「好漂亮啊！新大衣！」

「誰給你做的呢？」

所有的話都問到元貞身上來了。

「爸爸給我買的」。元貞傲然地，向同學們笑。

「爸爸真疼你啊！」這一個說。

「元貞的爸爸太好了」。那一個說。

「玲！」坐在我旁邊的莉娜，拍了一下。

「什麼？」

「你爸爸愛你嗎？」

「愛我。他頂愛我啦！」那是真的。爸爸愛我，我也愛爸爸。

「那你太美啦！」莉娜也許在羨慕我。

「可是……」可是，我沒有說下去。我想我的爸爸是法西斯蒂呢。

「可是什麼？」她追問著。

「我不說了。」我跑了出去。我是想去找一個人。

※　※　※

在大學部的石階上，我找到了我所要找的人——那活潑的小叔叔。

「咦，我正要找你！」他先跟我招呼了。

「做什麼？」

「前天晚上，我請你，你怎麼不去？」

「哦！忘了向你道歉。我有點小事。」

「什麼事？」

「一點小事。」我真說不出，我是為了什麼事呢！

「我那天一味地等你，等，等得我心焦了。忽然你來了電話，不來了……」

「對不住啊！」我心裡實在覺得抱歉。

「是不是生我的氣？」他又問。

「沒有啊！你生我的氣麼？」

「沒有啊！」

我們兩人都笑，大聲地，笑了起來。

「告訴你──」他忽然想起一件什麼事似的。

「什麼，你說。」

「昨兒晚上，我做了一個夢。」

「夢？」我奇怪了。我不是也曾做了夢嗎？

「是的。夢。我夢見你，夢見你跟我生氣了。我怎麼求你，你也不理我。我急了，我哭醒了。」

呀！那是跟我相反的夢啊！

「夢是假的。」我又笑了：「我不是理你了嗎？」

「你要不理我，我真要哭的。」

「沒出息。」我笑他。

多特別啊！我的夢竟是甜甜的。跟他的太不一樣了。我想說出來。還是別說罷！我又想。

「明天到我那兒去補化學麼？」他問。

「我找你就是說這件事，不去了。」我說。

「後天去？」

「不。」
「大後天？」
「不，再說吧！」爸爸不是說給補課嗎？我應該叫爸爸教我。
「我走了。再見啦！」
「再見吧！」

（四）

晚上，爸爸給我溫習明天要唸的書：英文、化學、算學。
他坐在大椅裡，我坐在書檯上。書本子，正擺在我的膝蓋旁邊。
爸爸叫我下來，坐好了。我仍是這麼坐著不動。我彎著身子聽講。
爸爸罵我淘氣。
英文、化學、算學，都唸完了。我好高興。
「聰明倒是聰明，就是不用功。」爸爸今天晚上，老說這句話。
怎麼叫用功呢？我不明白。可是我也不大想去明白。
「爸！我聽你的話。」
「好，乖。玲兒。……」
老王進來，打斷了話頭：「玲小姐，電話。X宅來的。」

哦！我知道那是那兒來的電話，小叔叔。
我把筆筒旁邊的耳機拿了起來。
「誰呀？我是玲。」
「你猜我是誰？」
「小叔叔。」那我當然猜得對。
「對了，你幹什麼呢？」
「唸書。」
「好用功。」
「誰用功？」
「你——」他重重地說了一聲「你」。接著：「禮拜日下午，你有工夫嗎？」
「有。」
「下午三點，請你到平安看電影。」
「禮拜日，三點，平安。好吧！禮拜日見。」
「一定去啊！」
「一定去。」
「再見！」
電話掛上了，爸爸嘴裡唸著：「禮拜日，三點，平安。」

「我去睡吧？」我睏了。
「該去睡了。」爸爸說。
我拿了書包，自己臉去挨一挨爸爸的臉，便去睡了。

（五）

禮拜日，休息的日子，也是快樂的日子。
尤其是下午，禮拜日的下午，歡欣的時候啊！
兩點鐘的時候，
我對著鏡子，攏了攏我的頭髮。我把一條絲帶捆在頭上了。那絲帶是黑的，正配著我的黑頭髮。
我穿上咖啡色的長袍，咖啡色的鞋。皮包也是咖啡色的。我喜歡咖啡色，這冬天的顏色。
大衣剛剛披到身上的時候，李媽進來了。
「老爺請您呢！」
爸爸又叫我啦！
把大衣挽在手裡，我到爸爸屋裡去。
「玲兒，看電影去，爸爸帶著。」

「咱們上平安吧！」我主張上平安，小叔叔不是約我上平安的嗎？

「不，到光陸去。」

「我想上平安。」

「明天上平安。」爸爸咬定了要上光陸。

「那明天再上光陸，不也是一樣？」

「不，今天不能上平安。」

「為什麼？」我納悶了。

「平安有人等你。光陸沒人等你。所以我帶你上光陸。」

爸爸記得真清楚啊！他是知道小叔叔要請我，故意不叫我去。

「那我那兒都不去啦！」我把大衣丟在爸爸的床上。

「又不聽話。禮拜日應該玩玩。」爸爸給我穿上大衣：「你愛上平安，我明天再陪你去。」

我能再說什麼呢？

爸爸穿好了大衣，我們一塊兒出去了。

※　※　※

今天演的是那佛羅的「戰地情天」。

許多人都喜歡那佛羅，尤其是我的那些同學。其實，他有什麼好呢？我不稀罕。

「你吃糖。」爸爸給我買了一盒蔻蔻糖。

「聽話的孩子，就有糖吃。」他又加上了一句。

「我永遠聽話。」我說。

我將永遠有蔻蔻糖吃。我是永遠聽他老人家的話呢！

老實說，銀幕上演的是什麼，我就不知道，也彷彿看見男的，女的，可是根本就不知道怎麼回事。

一個人總在我腦子裡轉：棕色的衣服，棕色的鞋，棕色的臉。活潑的，有禮的。

我對他失信了。

他會念著我，也許會怨著我。

電影散了。

人，一群一群的，湧出門去。

「哈！哈！這片子結尾很好。」爸爸向我說。

「嗯——」

「玲兒，好看嗎？」爸爸向來這麼問我，當電影散場的時候。

「很有意思。」我的天呀，我這回就沒有注意裡面的情節，叫我怎麼回答呢！

「上東安市場，上東安市場。」爸爸吩咐車夫。

在市場，爸爸請我吃了餛飩，給我買了一個燈。燈是紙做的，是一條金魚。大紅色的魚，還有一對又大又圓的眼睛。

「後天十五了，買個花燈，你玩玩。」

花燈提在我的手裡。那魚尾很靈活的擺動著。我心裡笑了起來。

（六）

第二天，我又跟爸爸上平安了。可是那有什麼意思呢？那時候，小叔叔不在那裡了！夢是不能跟實在一樣的。夢裡的爸爸和現在的爸爸就不同。爸爸要能像夢裡那樣，有多好呢？

放學了，我走到操場門口。

小叔叔來找我。

「禮拜天那天，怎麼又沒有去？」

「我上光陸了。」

「為什麼不去平安呢？」

「因為不願意去。」我覺得我只有這麼說。

「…………」他楞住了。

「明天，你別找我了！我也不找你了。」

「為什麼？」

「不為什麼？」

「另外有愛人了？」

「不是的。你相信我！」

「是討厭我？」

「也許是的。」就算我討厭他吧。反正我們不能在一塊玩啦！

「真的嗎？」

「……」

「怎麼回事？說！」

「說—你別來找我，我也不找你。」

「為什麼？」

「因為—不能這麼做。」

「永遠不嗎？」

「也許吧！」我又補充了一句：「過兩年再看。」

「那我等著。」

他等什麼呢？真傻。爸爸的話老在嘴邊上，我不願意說出來。

「我的夢做的太壞了。」他說。

其實，我做好夢的，也是一樣啊！

「我也做過夢的」，我說：「好——我們以後，誰也別做夢了。」

他不說話。

「好不好？」

「也許好。」

「不要說「也許」。那是頂好的。以後，誰也不找誰，誰也不做夢，誰也不想誰。」

「那我等著……」

他等什麼呢？

我很快的跑了。我看見他，遠遠在和我招手，喊「再見」。

（七）

今兒是正月十五啦！燈節。

晚飯的時候，我覺得怪冷靜的。

媽媽怎麼還不回來呢？

一個月以來，老是我陪著爸爸吃飯。媽媽不在家，少了一個人說話，太寂寞了。

「爸爸！怪悶的，是不是？」

「你想媽了？」

「對啦！」

「媽已經由漢口到上海了。下禮拜六回來。」

我想媽媽一定給我帶好些玩意兒來。什麼大絨象啦！木馬啦！也許會再給我買個洋囡囡來。

假如她要記得，今天是燈節的話，她也許會在上海，給我買一盞燈，帶回來的。好婆一定會給我買兩雙皮鞋來。她年年托人給我帶鞋來。可惜，我總是嫌小。這回，可給我買兩雙合腳的吧！

「媽媽回來，咱們去車站接。」我高興了。

「那當然。」爸爸說：「你怎麼不吃這冬筍？很好吃。」

他挾了好幾塊冬筍，放在我飯上。

「我自己會吃。」

爸爸儘拿我當小孩子。

「吃完了飯，讓李媽把你那魚燈點上。今晚是燈節。」

「好吧！」

飯吃完了以後，我跟著爸爸在廊子上站著。

天是黑的，月亮圓圓地掛在天中間。

我們隱隱約約地可以聽見街上的炮聲，和極繁細的鬧聲。

啊！人們是在過「節」呢！

「外面冷，上屋裡看燈去。」爸爸說。

好！我跑回自己屋裡來，我全聽爸爸的話。

李媽已經把燈點好了。

「掛在床前頭，好不好？」李媽問我。

「好啊！」

她掛上了燈：「多漂亮啊！這花燈。老爺多疼您。」

「是疼我。」我回答。

李媽走了。

我擰滅了電燈。

紅光照得屋子裡，都成粉紅色的了。

我那淡藍色的絨袍子，也照成淺紫的了。

花燈在床前頭，搖幌著。

我倚著床欄杆，靜靜地呆的。我覺到快樂，我也覺到悵惘。

我悵惘，幹什麼呢？

我是在念著一個人啊！

那個棕色的，活潑的，有禮的人。

我是說過不再去想他的啊！怎麼又……
他說，他等著，他等什麼呢？
爸爸說的：「到時候，自然告訴你。」
多久才告訴我呢？等著吧！真的，我只有等著。等著爸爸說：「玲兒，你是大人了。」
我舉起手來，搖搖那隻花燈。那大金魚，也許在對我笑哪！
我是得等著，耐心地，也不耐心地等著……
燈光越來越亮了。
我想我的臉兒，一定也被燈光照紅了。

一九三四年三月九日作於北平。

狼寧

我常常對別人說，我是不喜歡貓和狗的人。我討厭貓是嫌它，任四隻爪子抓來抓去，怪難受。我討厭狗是嫌它叫起來太兇猛，怪可怕。貓，至今我是不喜歡。狗我可太喜歡了，尤其是狼寧，它真是唯一的愛犬呵！

狼寧是婉姐送給我的。

一九三〇年的除夕，她把它抱到我家來。她說明是送給我的，可是那時我對這類東西，最厭煩不過。

「知道你不愛這個，可是，我要回南了。只好放在你這兒。」婉姐把狗抱在身上，對我說。

「好吧！這個無家可歸的……」我笑了。

這狗太小了，只有兩個月的生命了，一身棕色的毛，長得茸茸的，在唧唔—唧唔—的叫。「怪可憐的東西。」我想。

就這樣，它就留在我的身邊了。每天的食物是佣人替我餵的，偶然去和他玩，覺得它是一個馴良的小動物。

狼寧，是我給它起的名字。狼寧！狼寧！叫起來多好聽呵！

而且，狼寧，它是名符其實的。

幾個月之後，它長得很大了。毛是棕色而帶點草，很厚。兩隻耳朵豎著。那炯炯的目光，簡直比狼精神得多。剛來時候的唧唔—唧唔—的叫喚也沒有了。那叫的聲音竟是豁朗而勇猛的。狼寧簡直就是一隻狼呵！從前的時候，賊伯伯常常光臨我家。狼寧來了之後，家裡永遠是安寧的。啊！狼寧！狼寧，這個名字多麼切實於它！

我對於它的喜愛，是與日俱增的。日子一天一天的過去，它也越長越可愛了，呀！一條有訓練的狗。

一個我夙來厭煩的東西，竟會成了自己的愛物。這是怎麼回事呢？我都說不清了。

「狼寧」我望著它喊。

它跳過來，耳朵直立著，眼睛亮亮的。一下子便撲到我的身上，ㄩㄛ—ㄩㄛ—地叫。

「別叫了，拉拉手」。

它就不叫了，把前肢伸到我的手裡來。我最喜歡摟著它的脖子和它拉手，每次都是這樣。

院子常常作了它的運動場，那矮牆和花台，就成了他的跳台，二哥總是把一個皮球，從後院拋到前院。

「撿回來，狼寧快…」

它迅速地跳過矮牆，跳過花台，找到了球，銜在嘴上送了來。

「好——再來一次」。

球又扔了出去，它又銜了回來，仍是向著你豎著耳朵，睜著亮眼。

「我也來一個」。我把球拋了出去，它也銜了回來。

這種玩法，我們覺得有趣，每天都跟它玩，那簡直是我們的功課，因此院子裡的花盆，搗碎是常事。有時候「砰的一聲」，球把玻璃擊碎了。玻璃盆子，掉到地上嘩啦嘩啦的響。

「你瞧，都是你不小心」，我怨二哥。

「誰不小心，都是你不好。」二哥仍舊逗著它玩，「狼寧過來。」

「你才不對呢」，我說。

ㄩㄛ——ㄩㄛ——狼寧叫的聲音，把我們言語，給蓋下去了。

二哥的褲腿上，老是一層烏光，那都是狼寧抹上去的。他的床單上，靠枕上全抹著一片片的泥土，從來也沒有嫌過髒，也許因為那是狼寧弄的緣故吧。

其實我的長袍上，也是天天印著梅花印的。因為那是愛犬的足跡，我反而覺得可愛了。那正是不整齊的圖案呢。

有一天，我在前面跑，它跟在我身後，我逗著它往上跳。嘩——的一聲，袍子被它撕了一片下來。我嚷著：

「狼寧，這麼淘氣！」

它對著我喘，它是什麼都不懂的樣子。

「真是個瘋丫頭！頂大個人了，還這麼頑皮！」。母親站在房門口，往著我笑：「狼寧也是該打。」

我紅著臉，跑到屋裡，換了一件袍子，扣子還沒有扣上，又跑了出來。

「你這孩子老這麼瘋，怎麼好？狼寧和你都該打」。母親是喜歡我，也喜歡狼寧的，我知道。

「不，狼寧不該打。」我帶著它，又跑往別處去了。

我出去的時候，它送我到門口。我回來的時候，它迎我在門口。幾年以來都是這樣的。幾年以來，狼寧不但是我的恩物，它也是全家的寵兒呢！

※　※　※

我在這兒將說什麼呢？狼寧終於是死了。它並不能因為我們愛它，而多活幾天啊！狼寧！狼寧！我還是可以張開嘴叫它。可是我的聲音，怎麼那麼抖戰呢？怎麼那麼乾澀呢？

雖然是這樣，我還可以用乾枯的嗓，去喚它。可是這聲音，永遠消散在屋子裡，院子裡，沒有任何東西來回答啦！

我不是仍然可以把皮球從後院拋到前院的嗎？只是球拋到那裡，只可讓它永在那裡了。誰會去替我銜來呢？誰會來撲在我的肩上，UO——UO——的叫呢？

藍布罩袍換在身上，已有三天了。我又到那兒去找梅花印呢？

上學的時候，一個人寂寞的走了出去，回家的時候，一個人寂寞地走了進來，那UO——UO——的聲音，再也聽不到了。

近來，總是滿院子東張西望的我，是在找一個永遠找不到的生物呵！

二哥褲腿上，也將從此沒有油泥了。他老是悶悶地，悶悶地。我由此知道他愛它的程度，是比我深。

狼寧！我煩厭你的時候，你來了，我歡喜你的時候，你去了。…………

狼寧！有誰的叫呼，能像你那麼奮勇？有誰會像你那麼：豎著耳朵，目光炯炯的？有誰能有你那種棕綠的顏色？你告訴我，告訴我吧！

晚飯的時候，父親挾著一個魚頭往棹底下看，看了以後，又把骨頭放在匙碟裡了。

「還找狼寧嗎？」母親笑了。

二哥楞楞地看著那骨頭。

我推開飯盒，躲到棹子底下去了，棹子下面黑黑的，眼淚落在自己的衣袖上了………

一九三四年一月

春來了時

嘟嘟……嘟嘟……嘟……一輛敞篷的小汽車，由西直門駛到郊外去。車子很快的走過幾條小街，兩座石橋，便轉到四面都是田疇的馬路上來了。

藍色的車裡，只坐了兩個人，一個是十八歲的玲小姐，穿著一身淺綠色的衣裙，頭上帶了一隻淺綠色的軟帽，臉是那麼圓圓的，總是透著笑。一個是比她大兩歲的黃文生，大學的理科生。

細長的柳絲在路旁拂動，一團一團的塵土，跟在車子後面跳。

他們經過一條條的小河，幾座墳墓，幾叢松林，以外便是方形的田地。農夫們在領著老牛耕地。

「看，這些農夫，多辛苦啊！」玲小姐對於勞苦的人，是有同情心的。

「嗯！」文生向來不注意這些事，他在忙著讓一輛大而重的汽車先過去。

「春天真是來了。樹全都長了綠葉了。」這位閒在的小姐自語著。

「還說樹呢，你也長了綠葉了，你的衣服多綠啊！」。

「你說什麼啊！我該說你是長了灰葉子了，你不是穿了一身灰色的？」

文生沒有回答，只是笑。玲小姐又接了上去：

「簡直灰得跟土一樣。」

「我就是你踩在腳底下的塵土。」文生看了她一眼。

「那也許我還不踩吧！」她驕傲地，看遠遠的高山。

文生明白，她心理怎麼回事。

「我要跟你說句話，你猜我要跟你說麼？」

玲小姐也明白，文生要跟他說的那句是什麼話，她心裡又笑了。

「我知道你要跟我說什麼話。」

「你說吧！」

「我知道你要跟我說：「我恨你」。」她故意說錯那個字。

文生懂她的頑皮：「什麼？我愛你！」。

「我恨你！」，她把看景緻的目光，放在他的臉上。

「反正是愛不是恨！」他認真的辯正，把她的臉都辯紅了。

他默認他愛她，她也愛他。

半里路，在靜默中跑了過去。

「假使，有一天，你不愛我了。………那怎麼辦呢？」她問。

「就不會有那麼一天。」他答。

「要是你不愛我，我就去死。」她把頭依在他開車的手腕上。

「沒有那回事，我決不會……」他不知該怎麼表白自己。
「嘻嘻，我跟你說著玩呢！那兒那麼容易就死啦？一個人，要死也不容易哪。」
「可不是」，他就從沒想到過人會死。「要死，也不容易」。
「傻子，才會死呢？」她說。
「對」，他用力把車子開到斜坡上面去。
是過了五十分鐘呢？還是六十分鐘？沒有人給他計算，可是他們是到目的地了。
車在山腳下停住。兩個人由車上跳了下來。
「先生，你逛山哪！騎我的驢吧！」
「先生，我這驢好，走得穩，您逛玉皇頂吧！」
兩個人被一群驢夫圍住了。
「我是來看桃花的。」玲小姐在人群裡嚷了起來。「我得把全山的桃花看遍了。」
「行，行。桃花剛開，我這驢能跑全山。」一個帶破草帽的驢夫，從後面擠了進來。
幾分鐘的斟酌，他們選好了驢，講好了價。
「黃先生，我給你看看汽車吧。」
說話的人，是一個又瘦又黑的孩子。文生一看，就知道他是小吳。
「給你兩毛錢，給我好好看車。」他把一張毛票，遞到小吳的手裡。
兩個青年人騎在驢上，看花去了。兩個老年的驢夫，後面追隨著。

春來了，正是看花的時候啊！

※　※　※

小吳拿了那張兩毛錢的票子，跑到汽車旁邊，翻來翻去的看著。看完了票子，又到車裡面坐坐。他納悶著車沒有馬拉著，怎麼會走，於是爬在地上瞇著眼，看裡面倒是裝了什麼東西。看也看不明白怎麼回事。遠遠地，他看見鄰居王大嬸來了。

「小吳，在這兒幹什麼哪？」大嬸先問他話了。

「我給人看車哪。大嬸。」

「你爸爸病好點沒有啊！」

「沒有，更厲害啦！」

「那還不在家侍候老人家，在這兒呆著，算怎麼回事啊！傻孩子。」

「我不出來賺錢，家裡沒吃的啦！」

「……」王大嬸對於他這句話，也沒法回答。「你爸爸的病，倒是請大夫看了沒有？」

「哼！賺了錢就夠湊付著吃，瞧病就沒有錢。」小吳把兩毛錢，在手裡揉著。

「咳！這是怎麼說的。……」王大嬸用衣角擦著眼淚。「前年你大叔生病，不也是因為沒錢，耽誤死的。」

小吳楞楞地望著他，十三歲的小吳，是不十分懂悲苦的。「大嬸，你聽，彷彿是有人叫我。」

「許是你爸爸叫你，你快去看看吧！」大嬸推著他，「我給你托茶館王掌櫃的看車，快回去吧！」

「得，我這就走，大嬸，勞駕啦！」

小吳剛跑到家門口時，小三子就對他嚷了起來：

「你爸爸病得這樣，你還滿處跑。他老人家在炕上直嘆氣，直叫你的名字。」

「真的嗎？」，小吳連忙跑到屋子裡面去，還聽得小三子說：「騙你是小狗。」

屋子是狹小而潮濕的。不要說這兒見不到花草，就是那高高在上的陽光，也從不射到這間屋裡來。黑暗的屋裡只有一個桌子，一個凳，一個病人呻吟在炕上。

「孩子，我快死了。……」

老人咳嗽著，「你還不陪陪我……。」

「爸爸，我今天賺了兩毛錢……」

「唉……留著你自己花吧！我……我怕是不行了。呵—呵！」咳嗽更劇烈起來。

「你喝水吧！」小吳侍候著病人喝水。「張二爺來給你瞧病的時候，不是說您的病，過了冬天就好嗎？」

「可不是嗎？張二爺說我這病，一打春，準見好。誰知…誰知更厲害。唉！要說春天一到，花兒都開了，還不正是除病的時候。……」

「爸爸別多說話了。越說越累。」

「殊不知盼到了春天……唉！病更厲害了。」老人嘴裡總是這幾句話，在嘟囔著。

「讓我請張二爺去吧！爸，再耗著，你準受不了。」小吳提了提自己的鞋，就往外走。

張二爺是村上的一位長者，會給人看病，可是沒有掛過牌。小毛小病，他也真治的好。人們都喜歡他。尤其喜歡的，是他治病不要錢。人們向他道謝時，他還總是說：「這是應當幫忙的。」

跑了三里多路，小吳才到二爺的門口。在門外，就可以看見院裡的桃花都盛開著，那一顆歪在舊牆上的丁香，也開了一半了。兩隻有泥土的手，在門上敲著。

「誰呀？這麼使勁打門。」裡面是女人的聲音。

「是我呵！二爺在家嗎？」

門開了，一個中年女人站在門裡。

「你找張二爺嗎？」

小吳點了點頭。

「張二爺早搬走了，這房子我搬來已有兩個月了。二爺窮得過不了。進城給人傭工去了。」女人說完，無情地把門關上。

上哪兒去找二爺？小吳哭了起來。一個沒有媽的孩子，又快沒有爸爸了。哭著走著，他又想起那些洋大夫來。那山上不是住著穿白衣裳的洋大夫麼？他想自己向他們跪下磕一個頭，也許能把他們求到自己家裡來。

腿兒跑到那山的肺病療養院時，已是兩點多了。他求那看門的讓他進去。

「你找誰？」看門的人問。

「我爸爸病了，請個大夫瞧瞧成嗎？」他央求著。

「找那個大夫？」

「那位都成。病得厲害，能快一點嗎？……」

「不成，你不知道今天是禮拜嗎？大夫都逛山去了，瞧花去了。」看門的人把他推得更遠一點。「趁早找別人去吧！」

「請…告訴我，誰還會瞧病呵？」

「我不知道。快走吧！別對我哭哭啼啼的。」看門的人又推了他一下。

他頹然又走下山去。

「小吳呵！你爸爸要咽氣啦！你還不快回去。」專門給旅行人領路的一個孩子告訴他。

「這就回去」。他越想快點走，鞋就越要掉。他急了，脫下鞋子，光著腳就跑。

汗珠和淚珠，交流在一塊。他自己也分不出那一滴是汗，那一滴是淚。他掀起粗布掛，往臉上擦了一遍，又一遍。

「小吳回來了。」

「孩子回來了。唉！這怎麼說的……」

他剛邁進家門的時候，就聽見了這許多的聲音。這時屋裡外，站滿了村上的人。有男有女，可是多半是老年人或中年人。

「小吳你回來晚啦！」

※　※　※

已是夕陽西下的時候了。不要說遊人該倦了，就是那如雲的桃花，也倦得沒有光彩了。兩個青年，這時在上驢的地方，下了驢。

「先生，你不在乎，多給幾毛吧！」這是照例的爭執。

「好好，多給幾毛。」文生向來是不在這些地方爭執的。「咦，車倒沒有丟，看車的孩子哪兒去啦。」

「先生，小吳的父親過去了。」對面茶館王掌櫃陪了笑臉。

「車是我看的，沒錯兒。」

「什麼？是死了嗎？」玲小姐驚訝起來。她就不明白，為什麼這麼快樂的日子，也會死人。

「真新鮮……」他上了車。她也上了車。

「你不是說死也不是一件容易的事嗎？」她奇怪的問著。

「我是指咱們這些人而說。像他們那樣的人……就不算……」他把車開動了。

她伸手打了一個哈欠。

「唔—你是快點開吧！我都睏了。」

「你先閉眼吧！一會就能進城。」

她笑著閉上眼睛。車子又由來的那條路上，回去了。

一九三五年四月三日

餓

在上海住的那兩天，我們差不多天天到街上去散步。在北平，我最不愛走路，我總是離不了車子。在上海則不然了，在那裡我很愛走路。差不多總是在晚飯以後，七、八點鐘的樣子，我們兄妹三人的腳，就都邁到大街上去了。

那兒那些法國式的街道，真乾淨，真寬廣，只要你一步一步地走上去，就會覺到一種快感。而且那些法國梧桐樹，一棵一棵的沿在路上也夠美的。晚風來時，綠葉子都在慢慢的搖動，那樣子真玲瓏。

我們還有一個原因愛蹓大街，就是在街上，我們可以看見許多奇特的東西，或人物。譬如說霞飛路吧！是我們常走的地方。那路上有華貴的店鋪，有高大的樓房，有貧窮的流氓，也有濃妝的白俄女人，肥胖的法國婦女，和各種不同的中國人。那不同型式的汽車，在街上奔著，像是在跑馬。人力車夫流著汗，往前跑，連頭沒有工夫抬。那些人們，笑著的，縐著眉的，瞪著眼的，什麼樣的都有。你瞧著誰特別，你站在那裡多瞧他兩眼，沒有關係，他決不來問你：「為什麼看我？」

同時在那有大玻璃窗的公司裡，有的是新奇的玩藝兒和食品。瞧著那樣好，也就可以順便買了回來。假如是渴了，或是饞的慌，那也就不妨到茶店，去吃一杯冰淇淋或是咖啡。於是大街成了我們的好朋友了。

我的大哥，是一個好性情的人。他向來喜歡我們這兩個妹妹，也向來都順著我們的意思。假如我們說再玩一會兒吧！他就陪我們再玩一會兒。假如我們說別玩了，他也就說回去吧！他向來都是對我們非常溫和。可是我們真有錯時，他也真管，但是我們也聽他的話。所以，我們在一塊的時候，總是高興的，愉快的。

這天晚上，我們又在外面閒蹓，當我們走在金神父路的行人道上時，行人已經不多了；也許是因為天太晚了。我就看著那一大堆樹葉的影子，印在牆上很好看。

「快看哪，一個瞎子。」妹妹推著我的肩說。

「在哪兒呢？」我問。

「可不是嗎？在靠著牆那邊兒。」她指給我看。

可不是，一個穿了一身舊西裝的很瘦的人，在扶著牆走。牆的那邊很暗，已看不清他的臉是什麼樣兒了。一個盲人真痛苦啊！走起路來真費勁，他怎麼不拿一根枴棍呢？我很納悶，瞎子為什麼不拿拐棍。我是覺得他有點太傻了。

「是的，一個瞎子，他在摸著走。」哥哥說。

「他走的真慢」。妹妹說：「一步抬起來，放下去，要費許多工夫。」

「這是怎麼回事啊？咱們瞧瞧去。」我小聲地說。

我們三人走了過去，把他圍住，他不再走了。我們走近他，才知他並不是一個瞎子，在他那黃瘦的臉上，是有一雙完整的眼睛的。不過，他的目光是很弱的，我看得出來。

「儂阿是瞎子？」哥哥故意問他。

「不—是—」他的聲音很微弱，好像沒有力量說話似的。「不—是—我不是瞎子。」

「那你為什麼走得這麼慢？」因為他說的是北方話；所以哥哥也改了北方話問他。

「我—我—」他說不上來了。

「倒是怎麼回事啊？」我追著問他。「你是病了嗎？」

「唉，我—我—我沒有病，我是餓的。」

哦！他是餓得走不動了。飢餓驅走了他身上的力量。

「你沒有吃飯？」

「沒有，上哪裡去吃呢？」

「幾天沒有吃飯了？」

「三天了！」他呼了一口氣：「一點東西都沒有吃到。」

「你本來做什麼的？」

「我嗎？我沒有事情做啊！我本來是不在這兒的啊，我是由天津來的。我是—來求朋友找事。」

「朋友找到了嗎？」

「沒有！我在天津，窮的沒法，這裡的朋友給我信，叫我來，我來了，人也找不到了。」

「他去哪裡了？」

「不知道，地名沒有弄錯，就是找不到人……」

「你那朋友在這裡做些什麼？」

「我—也說不清，也許是他被捕了。」

「這裡還有別的親友嗎？」

「一個熟人也沒有了。唉—唉—我從船上下來，就一個錢都沒有了。我想找到朋友，總可以借的。但是—唉，我來這裡七天了，倒有三天沒有吃東西了。……」

在這淒涼的情況之下，我們三人誰都說不出話來了。

「要是小事情，我也能做一點的。我是高中—高中畢業生啊！」他再沒有力量說話了。

「你現在住在什麼地方？」

「住，住在徐家匯—一塊破地方。」

「拿著這個吧！」哥哥從衣袋裡掏了幾元票子給他：「往那邊去坐一個電車，回你住的地方，去吃點東西吧！」

「是—是—！」他接了錢：「謝謝你啦！我從來沒有跟別人要過錢啊！」

哥哥推著我們，離開了他。他也摸著牆，往他的方向走去。這時我們的腳也像走不動了似的。每個人都默默然，像是都在想著什麼似的。心是像壓了一塊鉛一樣的悶。

「在上海，這種人是很多的。」大哥說。

我心裡仍是對他放心不下，一次一次地回頭看他。他還是像剛才那樣子在走。

「他真傻了，為什麼不吃點東西再走呢？吃飽了才能有勁啊！」

哥哥說完又跑了過去，告訴他附近有小飯鋪，可以到那裡吃兩碗麵再回去。他不聽。

「你捨不得花整塊的錢嗎？」哥哥又掏了五毛銀角給他：「你先花這零的吧！也夠你這一頓飯了。」

他又謝了，又收下了。但是他仍不肯去鋪子裡吃飯。他說：「錢得慢慢地花啊！這兒一頓飯太貴了，我不能吃的。我要回去吃，那邊有稀粥和乾饅頭，比這裡便宜得多。」

「恐怕受不了這麼長時間的餓吧？」

「總得忍受一點。」

「那你乘一個電車回去吧！還可以快一點。」

「唔——等我慢——慢——走吧！」

這個性格真是剛強。

我們離開了他。我沒有再回頭看他。也不知他究竟坐了車沒有？也不知他是什麼時候摸到了他的住處。我想，也許要等黑夜退去，朝陽初升時，他才能到他的目的地吧！

一九三六年十一月三十日

哀痛的聲音

好些好些天以前的一個晚上（那還是初秋的時候），當我由街上走進我住的胡同裡時，遠遠的有一種歌聲，送到我的耳朵裡來，我就快走了兩步，去尋找那歌聲。

那是離我家很近的地方，在一片灰色的牆下，站著一個盲女人。女人的樣子，看起來像是很老了。她那一身退了色的藍布褂，也是太破太舊了。她倚在牆上，嘴裡卻「正月裡…二月裡…」的那麼哼著。街上很少人注意她，也很少人站住來聽她的唱。她的聲音使我感到一種單調和孤寂。

「看看她倒是怎麼回事啊！」我心裡想著，腳也就站在那裡不動了。

她卻不顧一切的，一句一句的唱著。一段唱完了，就把背上的鼓敲一陣，敲完之後，再唱。她那純北平的口音，還相當的清楚，我也可以聽出一點她唱的是什麼。一會的工夫，她就唱到「十二月裡雪花飄，……」再敲一陣鼓，便停住了。

她不言語，也不說問人家要錢；但是她是在等人們把錢給她呀！人慢慢的散開了，沒有一個銅子送到她手裡。她深深地呼了一口氣。

「喂！我問你，你唱的是什麼呀？」我向她說。

「我嗎？我唱的是「十二月古人名」……她回答。」

「你還會唱什麼？」

「會唱：「數花名」，「孟姜女尋夫」，「鸚哥對詩」……會唱的倒不少，您隨便點。」

「唱一段多少錢？」

「唉！你隨便給，多少都成。」

「你說個價錢。」

「那麼就是一毛錢吧！」

「你到我家去唱，好不好？」

「那更好了。往哪邊走？」

「來，我來引你走吧！」我把她手裡的竹竿拿了起來。我拿著竹竿的這頭，她拿著那頭。我走在前面，她在後面跟著。那些個剛才聽她唱的人，都莫明其妙的看著我，我也不管那一套，就把她帶到家裡來了。

我引她到一間屋子坐下。同時，我也坐下了。

「唉—真是謝謝您啦！她像是很感激我的樣子。」

「你有多少歲了？是四十幾了嗎？」我問。

「我嗎？我二十八歲了。」

「什麼？你才二十八歲？」我很驚訝的問。

「是啊！我剛二十八歲。」

她的回答實在使我非常驚訝，我看見她走路的時候是那麼費力，她的臉是又黑又瘦，那頭髮也全枯黃了。我從沒有看見過一個二十多歲的人，是像她這麼蒼老。

「你真是二十八歲嗎？」我不由的說了這麼一句。

「是真的啊！小姐，在您的面前，我是不會瞞歲數的啊！」她是那麼誠懇的說。我相信她這句話，她是無須乎說謊，在我的面前。

「那你瞧著為什麼老呢？」我又問他。

「像我們這樣的窮人，可不是容易老嗎？」她抬起頭來看我。但是她看不見我的；因為她是一個盲人。

「你的頭髮怎麼黃得那樣，掉得都快沒有了。」我想起有許多三十八或者是四十八的人，都有著極光極黑的髻，挽在後面。而她的卻是極乾枯的幾根，梳在後面，挽了一個髻。

「告訴你吧！小姐，頭髮是「隨心草」。日子過得痛快的。頭髮就不掉。像我們這天天愁吃愁喝的，可不就把頭髮都急掉了嗎？」她又低下頭去。

「你的眼怎麼瞎的？」

「生出來就是瞎的。」她說。

「你幹什麼唱唱兒呢？」

「不幹這個也沒有法子啊！這也是我天生的命苦。我十六歲就出門子了。我小的時候，我父親開一個小舖子做買賣，還不錯哪！我父親給我找了一個人家，那男的是個瘸子。老人家說是瞎子跟瘸子，誰也別嫌，就圖趕明兒過個舒泰日子。」

「也很不錯啊！後來怎麼樣呢？」

「唉！哪兒有什麼舒泰日子過！天天受氣……」

「怎麼回事？」

「您聽著，我到了他家天天忙著做活，粗的細的，我都幹，也生了一個男孩子。孩子今年也十一歲了。哪知道孩子三歲那年，我就倒了霉。孩子他爹不要我了。他不讓我再住在家裡……」

「為什麼呢？」

「他嫌我是瞎子，他就非要我出去不可。他真狠心，連孩子也不要了。您想想，我又能上哪兒去哪？那時候，我父親也死了，我們家也沒有人了。我又能依靠誰去？我真恨不得去尋死，………可是，唉，孩子他爹一點都不憐惜我。他看我沒處去。他就老也不回家，另外找了一個姑娘另住了。他從走了之後，也沒有回來過。剩下我跟孩子真是苦極了。要吃沒吃，要穿沒穿，我的眼睛又看不見，做什麼都不方便。有時費了好些工夫，把孩子他爹找著了，他把我打了出來，他不認我是他家的人了……唉，我要不是因為捨不得這個孩子，我想我早就尋了死了。我那時候，在家裡總是連哭帶喊的。小姐，您想我夠多麼難受！」

「那倒是……」我說

「後來呀，我們街坊有一個老太太，她是個熱心人。她瞧我太可憐啦！她叫我到一個廟裡去學算命，或是唱唱兒。我就到那裡拜了師父，學了唱。」

「師父是什麼人？」

「師父也是瞎子。他什麼都會唱。我唱的全是他教的。我還有師兄，師弟呢！」

「你學了多少日子就會了。」

「我學了兩年，我就會了不少了。慢慢的就出來唱了。到現在也唱了好些年了。這才慢慢的能吃上一口飯。」

「你一天能賺多少錢？」

「沒有一定，有十幾吊的時候，有兩毛，三毛的時候。要想賺一塊，兩塊就不容易，日子……真是難過啊！您瞧，我還得養活我的兒子哪！我賺了錢還要供他唸書哪！總得叫他成人哪！」

我很贊成她這兩句話。

「已經上學了？」我問。

「上了小學了，都三年級了。倒是挺愛唸書的，他的眼睛沒有病，要說我們瞎子，真是苦著哪！像我這唱唱兒的更是難。整天在街上東跑西跑的，也賺不上幾個錢……連件乾淨的衣裳都穿不上。」

「你這就不錯了。你自己靠自己能這樣就不容易了。」我對他說。

「真是不容易，有時候，走在街上有些人罵我下賤，您說這能算是下賤嗎？」

「算不得下賤，你不用聽他們的。」我安慰她。

「小姐，您要聽什麼，我給您唱啊！」她很興奮地說。

「不要唱了。你今天一定很難受了。」我想，心裡也許很難過了，也許她沒有心緒唱了。

「不要緊的，我唱吧！我現在倒不難受了。我從前倒是愛難受。現在我也慣了。我給您唱什麼？」她像是一點都不難受的樣子。

但是我心裡卻突然起了一陣一陣的難過。我再也不想聽她的唱了，我本來是好奇心請了她進來，又想把她唱的和北平的一些個俗曲，比較一下。但是現在我全不想做了，一種痛苦壓在我的心上。

「小姐，您要聽什麼？」她仍是很高興地問。

「我想明天早上，請你來唱，那時可以多唱幾個，今天我想不用唱了。」我說。

「今天唱也可以啊！」她忙著說。

「不必了。」我說。我把僕人叫了來，我叫僕人給了她五段曲子的價錢，並帶她出去。

「謝謝您哪！謝謝您哪！」她連連地說：「我好些日子沒有拿到這多錢啦！」

「不用謝，你明天早上一定來。」我說：「我等著你。」

「一定。」她背著鼓走了出去。

當我回到我自己的屋子的時候，她的歌聲又由窗外飄進來了，那麼沉痛，那麼悽愴……

唉！我也像她那樣的嘆了一口氣。

一九三六年一月十二日

大風雪

天越來越黑了，雪也更大了起來，街上沒有什麼人，只有大風和大雪在交戰著。

順兒走出了全福軒的門，就把自己身上的圍巾解了下來，往頭上一朦。「好冷啊！」她自語著，身體也立時抖戰起來。當她的腳踩在雪地上時，她發現大半隻腳都埋在雪裡了。「好勁！這怎麼回得去啊！」她想。「又沒有錢僱車，路真難得走啊！」她在雪中猶豫著，雪片像刀一樣的砍在她的臉上，她跺了跺腳，還是回去吧！她想起爸爸和自己的孩子都在家裡等著呢！

合著嘴，彎著腰，她拚命的往哈德門外頭跑。出了城，天更冷了，風更大了。那一陣陣的風雪襲來，像是要把她埋在雪裡一樣。但她不管，她喘著氣，她往前跑……

那遠處小山上掛著的半個月亮，也黯淡得像是要由天上掉下來似的。在曠野裡，沒有什麼人聲，只有狂暴的風聲和她咯吱咯吱的腳步聲。她一面跑著，一面著急。真不應該啊，自己的家住得離城裡這麼遠。但她又想，這該去怨誰？要不是因為想省幾個房錢，誰願往這種地方住呢？

身上的棉襖薄得一點熱氣都沒有了。她想，如果要有一條圍巾多好啊！那怕是舊的，也可以擋擋風啊！不然，有一把油紙傘也可以，那至少雪落不到身上了。但這些東西，她全得不到。從去年，她就想買一條圍巾了，因為沒有閒錢，也就白想了一冬。今年，更沒有錢了，簡直連飯都吃不飽了。明年呢，更沒有希望，她自己知道，雪打得她抬不起頭來，雪打得她張不開眼來，雪打得她伸不出手來，她在困苦的路上掙扎著………。

「是媽回來了嗎？」當她的腳步聲傳到她家門口時，她的孩子叫了起來。

「是的呀！孩子，媽回來了。」她推門進去。

「哎呀！媽身上鋪了大棉花啦！媽，您今兒不冷了罷？身上的棉花多厚啊！」孩子站在炕沿上拍著手叫了起來。

「不是啊！」她笑了。她知道孩子把雪花當成棉花了。同時她又難過起來，孩子是小得什麼都不懂，她將怎樣去維持這種生活，教養這個孩子啊！

「是棉花啊！媽，您有新棉襖穿，不給我穿，我凍得儘哆嗦………」

「傻子，你摸摸這是棉花嗎？這是冰涼的雪啊！」她拂著身上的雪：「今天你媽差點沒凍死在路上，你還說傻話。」

「啊—什麼？順子回來了嗎？」李二爹在裡屋的炕上嚷了起來。

「爸爸！回來了。剛回來！」她回答著。

「剛回來，你知道什麼時辰了？三更梆子都敲過啦！你不等著天亮了，再回來？」

李二爹在炕上罵著，他的頭更痛了，他的耳朵也更響了起來，接著又是一陣咳嗽。

「今天道上不好走，我差一點沒摔了，滑來滑去地，好容易到了家……要不然，可以早回來一點，鋪子裡沒有買賣，耗到老晚才回來，才拿到三十多銅子兒……」

「不要臉的，少在我面前編瞎話，誰知道你幹啥去了？」

「您這是怎麼說？我哪兒也沒有去啊！打鋪子出來就往家裡跑，差一點沒摔了……」她急著在分辯。

「摔死了也乾脆，我們李家門裡不要你這賤貨……」

「您說什麼哪！我不明白。」她打開水缸想著燒點水喝，而且她的爸爸和兒子都沒有吃晚飯，她也得趕快地作。

「你不明白！人家都明白了，只有你不明白，裝糊塗。不罵你是迷人的小寡婦，狐狸精……我李家的臉都叫你丟盡了。我的兒子，要不是因為你的命不好，他就死啦？都是你這「鐵掃帚」把他掃了…唉！趕明兒，我也一樣叫你掃了……」

「爸爸，孩子他爹死了，不是我害的啊！您別罵我啊！那是他在關外，被ＸＸ人打死的，怪不得我啊！爸，我也不願自己的爺們死啊！」

「我不聽你那一套，反正是你命不好，你憑什麼不願他死？他死了，你好找別人。」

「我找了誰了？您說說！」順子急了，她把手裡拿著的東西，重重地往地下一放。

「媽媽，媽媽，別嚷了，爺爺餓了，我也餓了，真受不了啦……」

「唉！唉！」李二爺咳嗽得說不出話來：「小子，你別盼著吃飯了，你媽變了相了，她朝我都鬧開脾氣了……」

「爸爸，您別冤枉人，我要是有什麼不正經的，我也就不上你家門了。……可是我在外頭憑力氣賺錢，沒有對不住您的地方。」

「我—我—也不多說了。」他呻吟著：「我—我—也管不了你。這街上，誰不在背地裡講究你，你還說什麼？」

「講究我什麼？孩子，別鬧，回頭媽給你煮粥吃。」她覺得身上的涼氣還沒有歇過來，又有一層一層的寒氣襲到身上。

「還用我說嗎？誰不知道你跟那城裡的王，王什麼？他媽的，王什麼？我倒想不起來了。別人—別人都叫得上來，我也叫不出他的名兒了。人家說你整天跟他混在一塊，這不是丟臉。」

「我沒有啊！別人的話，您別聽。」為什麼人要這麼亂說呢？她氣極了，她把切著白菜的刀在菜板上剁著。

「聽不聽，怎麼著？人家說到我的耳朵裡來，我能不聽麼？那姓王的什麼來著，我真說不上來了。反正是在城裡開紙舖的，天天上全福軒跟你混，有這事沒有？」

「您是說那個王大個兒嗎？……」

「知什麼大個兒，小個兒……反正沒好東西！」

「唉！您聽著，他天天去喝酒，我端茶拿菜的，也沒跟他談過天啊！」

她哭了，眼淚落在衣襟上。剛作上十幾天的事，就把沒有的事，叫人說成有，將來怎麼過呢！她有說不完的委曲。

「東邊張大哥說的，你和姓王的整天晚上混在一堆，好不要臉。」

她這才明白了，話是張大哥說出來的，他是那個謠言製造者。她想起來，她是拿磚頭打過他的。因為他對她說過下流的話。

「張大哥，不是人，他成心欺侮人…」她孩子抱在懷裡對哭著。

「哭什麼？賤人，你作錯了事還哭？」李二爺聲氣更高了。

「我沒有錯，你才錯了，聽別人的話。」她嗚嗚地更哭個不完。

「好混賬，你竟罵起我來了，你給我滾出去。」

「你滾吧！我沒錯。」

「好，我就滾，把這家讓給你，我這就滾……」李二爺由炕上爬下來，拖著他的破鞋，就跑出去了。他老了，又是有病，他並不是在跑，實在是在爬。

「媽媽，媽媽，爺爺走啦！追…追…」孩子在懷裡嚷。

她不言語，眼淚一滴滴的都滴在孩子的臉上。

丈夫死了，兒子又是小的可憐，公公又是一個死不講理的人，活著為什麼呢？她想去死。

「媽，去呀！追—追爺爺！」孩子仍是在嚷。他是不懂什麼的。但是他知道一個走掉的人是應該找回來的。

她想，只有死了是最好，人可以不再罵她，貧寒不能再逼她，那些為她編造的話，也可以隨著她埋在地下了。

但她聽見窗外的風在怪聲的叫，雪像石子一樣的把窗紙打破。風也許會把她的屋頂掀走。

「媽，不生氣，追爺爺……」孩子放聲哭了。

她也大聲的哭了起來。突然地，她放下了孩子，就跑出門外去。爸爸年紀大了，怎經得住這大的寒冷，她悔恨自己說那些話，激走了老年的人，而且這也怪不得他，她忽然想到。

她一路的喊著，一路的追著。她常常的摔了下去，又自己爬了起來。

「爸，回來吧！爸！回來吧！我不對啊！…爸，別生氣啊！」

她按著他的腳印走，剛走了十幾步，她覺得她是走在結著冰的河上了。

「爸，快回來，……回來吧！」

太累了，她一步一摔的走著，又走了幾十步，她正摔在一個人的身上。她伏下去：

「爸爸，我可找著您啦！爸爸！咱們回去吧！」

真的，那是她的爸爸，但他已沒有氣力說話了。

「都是我的不對，您回去吧！」

「好──！」他哼了一聲。

他想站起身來走，可是他身體剛一動顫，又躺下來，順子也躺了下去，再也起不來。

第二天的早上，雪止了，風也停了。人們都知道哈德門外護城河上死了兩口子人。住在城外的人都圍著死人看。死人身上滿蓋著白雪。

鄰近的人把順子的兒子抱了去。孩子仍是說：「爺爺跟媽媽蓋著大棉被睡著了，多暖和啊！」

一九三七年三月十八日

港漢湘印象

我是七號到香港的。在港住了三個禮拜。對於香港，我說不出她什麼來，那裡的風景，有山有水，花木芬芳，我是很喜歡的。那裡的人物，我卻不大喜歡。女人都是瘦小的穿的衣服極鮮麗，而面部脂粉濃重，一點自然美都沒有，實在令人不起好感。下層階級的男女，都穿著木板鞋滿街跑，呱嗒呱嗒的吵死人。但這聲音卻與各酒店裡匹拍匹拍的麻將牌聲相呼應，這也許是香港特有的一種音樂吧！皇后大道是商店林立的地方，你要買什麼都有的，可是他並不是「言無二價」。一切的東西都得還價；不然你就吃了虧。對於這一項，我實在是外行。其實，我覺得這還是北方好；在北平，各商店裡的店員，真是客氣而誠實的令你喜歡。所以這種一買東西就要還價的生活，我實在有點不慣。

香港隨處都有好景緻。許多住家都在山上。上下山可以坐車，可以走，很方便的。我們一出門就是走在青山與綠水之間，十分可愛。游泳的地方很多。最好的是淺水灣，游人差不多都是京滬一帶來的，這些男女穿著最新式的游泳衣在水裡泡著。他們好像就根本不知道我國大部分的人們全在苦難之中。

總之，香港這地方，我覺得偶然來遊歷一二星期是合適的，如果久居下去，也許會慢慢忘記自己是中國人的！

五月底我離港到粵未敢停，當夜就買到車票上漢口。在上海時，聽人說粵漢路如何難走，漢口如何可怕，嚇得我幾乎不敢出來。其實，滿不是那麼一回事，一切的事都是形容過甚。在路上只走了三夜兩天，一點錯子也沒有出。也許是我運氣好。聽說也有走七八天的，那大概也是很少很少的事。

在漢口又住了兩個禮拜。漢口就是房子擠，一間屋就得住幾個人，一間屋總得六十元以上到一百元，二百元不等。這還是特區房子。要在租界就非得三百元一間不可。可是也每間都住滿了。我在漢口那些日子，正趕上天氣不熱，所以也沒有出什麼汗。警報也沒有聽見一聲。別人都說我運氣好。可是我有生以來還沒有聽過這種聲音，真想領略領略這種滋味呢！

因為是疏散人口的關係，漢口最近已走了不少人。但房屋也不見空起來。原因是走的人少，來的人多。什麼徐州、鄭州……各地方的人都來到漢口。所以現在要想租一間舒適的房間，是難上加難。我那時是住在一個朋友家裡，一切都還好。只是連晒衣服的地方都沒有。所有的衣服只可拿出去洗，你想在家裡洗都不能。朋友家裡的飯，也不能自己作（因為沒有廚房，大多數都是如此），每頓都是館子裡送來吃的。

雖然是生活方面稍有不便，但就各方面來說，漢口是一個好地方。這裡沒有什麼閒人，都是有職務在身的人。他們的工作是忙碌的緊張的，很少有閒暇。也不過就是晚上的時候，他們才集合一些朋友在一起談談笑話，或吃吃茶，那也是因為他們累了一天了，正應該有個休息。在上海，在香港，我看見一批一批的男女，只知享樂不顧其他，我真想問問他們到底是那一國的人！我的不愛在香港居住，就是為此。我不願看那些醉生夢死的人，我要加入這一群忙碌而緊張的隊伍裡去！

六月二十二日我又由漢口到了長沙

對於長沙，我一向是有著好感的；因為我很喜歡湖南。從前沒有來過湖南，今日悄悄的來到了長沙，心上真是說不出的高興。此地真是不錯，你若來此，一定也會喜歡的。這裡沒有那些大都市的繁華味，又不是窮鄉僻壤的「死鄉下」。所以居住這裡是很好的。

來此不過一星期，可是也有一些零碎事情告訴你，很有趣的。

長沙的人力車夫走得特別慢，他們是不跑的，拉著車，就一步一步的走，你要嫌他慢，他就會對你說：「請你下來，我坐上去，你拉得動麼？」所以你坐在車上多麼嫌慢，也不能言語，言語也是白費，他不能因你的請求而快走，我到校的第二天就買了一雙平底軟鞋，預備高興時可以步行，因為人力車並不比我走得快。

長沙的男女都極樸實。據我的表妹說，他們對於這些下江來的女士是極看不慣的。有一位南京來的小姐穿了一件無袖的紗袍。他們就在旁邊罵「騷貨」了，最近據說好些，因為這裡時髦的人物較多，他們也罵不勝罵了。我幸而有幾件素色的衣服。出門時是不穿花的；所以還沒有引起人的注意，或挨罵。

女人燙髮，也是不容許的。有人到理髮館去電燙，就說因為省政府不許，燙髮機都收起來了。那也只好讓頭髮直著了，其實，一個人的美與不美，並不在頭髮的曲直。根本收起電機來不許燙倒也罷了。這未始不是一件好事。

這裡的生活程度不算太高。食物都不貴。就是消耗品衣料等貴些，比上海貴一倍，比起漢口來，還是便宜得多。漢口的東西要比上海貴兩三倍都不止。我覺得這倒是一個抵制外貨的好機會。洋貨貴了，當然人們就得不買或少買。但我更希望我國工業方面多努力，多造一些純粹的國貨出來，代替外貨。

湘南的菜館也去過幾家，都很可口。就有一次，我一定要去「愛雅亭」。朋友問是什麼意思。我說到那裡就知道了。因為在漢口的時候，就聽某先生說「愛雅亭」的麵很好吃。並且有一位譚小姐很美麗而招待得很週到的。因此，我說非得到那邊去一次不可，我的意思是湖南的本地美人我還未見過，我要看看她到底是怎麼一個風格，某日下午七點，我們四人到了那裡，一問除了粉之外，並沒有北方所謂的麵，也沒有菜和飯。朋友主張換一個地方，我說下樓去再說吧，走到樓下，一個女郎坐在櫃台旁邊。

「你姓什麼？」我問。

「姓胡」。她笑著回答我。

「有一位姓譚的呢？」

「唔，姓譚的嫁人了。」她說：「你認得她嗎？」她很奇怪的樣子。

「不認識。」我走了出來，他們三人也跟出來了。

「這真有點失望啊！」我說，他們都笑了。

據說臨大在湘時，正是譚女士最出風頭的時候啊！

一九三七年七月三十一日於萬寶山

車上

八月三十日的早上，我離開廣西憑祥（龍州附近的一個小鄉下）到河內去。同行的有芸和他的未婚夫朱先生。先是乘的龍諒車（由龍州到安南諒山的公共汽車）到同登。在同登等了一小時餘，就又坐上去河內的火車了。

一小時後，車在諒山停下，允哥提了一個小手提箱，走了上來。十分鐘後，車又開了。正巧我們四人坐在一排。四人都是去河內的，但各人的目的不同。允哥是要去河內辦一點公事。芸他們是去河內玩的；同時他們也是要送我一程。我呢，我是預備到了河內，再轉昆明。

我們坐的是三等。座位很舒適清潔，有電扇搧著涼風，跟我國的二等車，差不多是一樣的。四人坐在一排，當然是有一點擠；但別處再沒有位子了，也只好將就的坐下。

車子走得不太快，很平穩。已是初秋時候了，但窗外的景物仍是呈著盛夏的樣子。綠的遠山，綠的樹林，綠的田野…蔚藍的天空上，浮了幾片白雲。白雲卻像白鷗似的，在天上很自在的遊著。風吹進窗來，也是暖暖的。往遠處看去，幾座橘黃色的小洋房，稀疏的點綴在綠田裡，十分好看。據說這些房子，都是法國人的產業。安南人多半是窮的，已蓋不起這類房子了。

一會兒，我站了起來，跑到車門口去。門那邊早已有人，我就在門旁的一個窗口站住了，我倚著窗口看山，看樹，覺得比悶坐在位子上，暢快多了。這時，車也跑快了一點。法國的火車，好像比我國的輕便些；站在車上，就好像站在一塊浪木上一樣。搖著，有趣得很！這是一個多麼輕快的旅行啊！

我輕輕的唱著歌，我在贊揚這綠野的一行輕便的小火車，它載著我很快的跑，它載著我覽遍異國的美景。……

半點鐘後，我又走了回去，在座位上坐下。

坐在我們對面的是一個老年的安南人帶著兩個年青的男人和一個年青的女人。男人全穿西服，倒不顯得特別。那女人，看上去也不過十七，八歲，身上穿了一件粉紅色軟緞的長袍。說是長袍，也不太長，剛剛過膝，腰部特別瘦，下面的開氣很長。袖子也是細長的，捆在手臂上。這恐怕是現代最時髦的安南裝了。

「她衣服的顏色跟你一樣！」芸說。

「是啊！」我回答。

可不是嗎？恰巧那天我也穿了一件淡紅色的衣服；可是我的衣服，不像她那麼帶亮。

「她也許是個小媳婦吧！」我問芸。

「不是的，是那老人的女兒。」

「你怎麼知道？」我又問。

「是允哥說的。」芸回答。

允哥的話是不會錯的，因為剛才我看見允哥曾和那老人說話來著。

我是憑窗而坐，正和這位女郎坐了個對面。坐著沒事，也就不時的向女郎的面上望望。她有一個淡黃色的小圓臉眉目清秀，淡淡的抹了一點脂粉，倒也還不難看，她發現我在看她，就把頭低了下去。一會，小鏡子拿出來了，抬起頭來照照鏡子。一會兒，胭脂和粉也拿出來了，低下頭去擦粉。又過了一會兒，小提箱打開了，拿了一隻木梳出來。她把頭髮拆開，開始梳起頭來。

安南人也許是比較的守舊；所以十分之九的女人是沒有剪髮的。她嗎？也是一把又細，又黑，又柔，又亮的頭髮垂在背上。在這麼一個狹小的地方，她竟要梳頭，我都有點替她彆扭的慌。但她倒並沒有顯出什麼不舒適的樣子。

這個頭，梳起來是相當的費事的。我不言語，靜靜的看著她，梳通了，就往上挽；挽上去，不好，拆開來，又重新梳，重新挽。再挽，不好，又重來一次。挽上，拆開；挽上，拆開，大約總有十數次之多。

「這頭髮還有梳好的日子沒有啊！」我心裡暗暗在想。

但她一點都不露著焦燥的樣子，仍是耐心的梳著，挽著，又拆著⋯⋯就這樣，半點多鐘過去了。

我心裡倒有點替她著急。她可不。一會兒，把頭髮梳到左邊，剛梳過來，又梳到右邊去了……

火車一里一里的走過去，時間一分一間的蹓過去，她的頭呢，卻總梳不好，我倒不耐煩起來了。……

好容易，頭髮捥好了。其實，也是簡單得很。只不過是把頭髮捲成一條，盤在頭上。幾個釵針把頭別住，再也沒有什麼別的飾物擺上，我看那情形，那頭梳成那樣，她並沒有滿意；恐怕是自己也覺得累了，不得不把它草草的捥了事，接著又是胭脂，口紅的抹了一陣。這才算是完全打扮好了，把木梳收到箱子裡，把脂粉裝到衣袋裡。

可是，就只她這麼一梳，一抹，就足足費了一個鐘頭有餘。我不知是她天生就這麼慢呢？還是她想藉打扮自己來消磨這點無聊的時光？

那兩個青年，大概是她的兄弟吧？倒是文雅得可以，不聲不響，靜靜的坐在那裡，動也不動。那個作父親的，老是跟允哥問長問短。安靜了一刻之後，他又送了一張紙條子過來，上面寫了幾個不整齊的中國字，那意思是說，他幾個中國字不認得，問我們願意告訴他不？允哥跟他說：那是可以的。

他於是打開一個皮夾子，把一本安南出版的國文教本拿了出來。他指著書上的字問允哥，允哥就用法文按字講給他聽。我看他問的字是「竣工」的「竣」字。還有「外舅」，「外姑」作什麼解釋，他也不知道。允哥一樣一樣的跟他講明白了。他高興的道了謝，就把書合上了。他還說，他現在是多麼想學中文啊！可惜就沒有機會學。他好像是有無限的痛苦，不知從何說起似的。

我偷眼把他的書看了一下，那還是四十多年以前的一本教科書呢！他卻拿它當至寶一樣的讀著。我心上突然起了一陣難過，我華北的同胞們，在敵人的鐵蹄下生活著，其苦有更勝於此者吧！

一九三九年七月九日昆明《中央日報平明副刊》

獨幕劇——〈李莉莉〉

李莉莉

人　物：李莉莉—美貌的舞女。年約二十歲。李明—李之弟，年約十八歲，工人。
張小梅—舞女，和李莉莉是好友，同住一所房子。
王六爺—一個紈?子弟，為當地公安局長之弟。
劉福—王六爺的從僕。
收房租者—一人。
警察—二人。

地　點：某都市。

時　間：某日下午。

佈　景：李莉莉的住所。台東一門通臥室（他的家一共只有這麼兩間屋子），台中一門通外面。這是她的客室，傢具要講究一點，要有沙發，梳粧台，留聲機等。

開幕時台上沒有人，可是中間門上有敲門聲。李莉莉由東邊的門上。她剛洗完臉，擦好脂粉，身穿睡衣。

李莉莉：又有人打門嗎？（急跑至門前，可是不敢開門）誰？誰呀？

王六爺：（在外面）我——是我。你開呵！（又以手在門上拍了幾下。）
李莉莉：哦！六爺。是六爺嗎？（開門，王六爺走進來。）
王六爺：怎麼不是？（笑著把手扶在她的肩上。）
李莉莉：啊！嚇死我了，（縐著眉，望著他）真把我嚇死了。我以為是誰來了呢！我當著又是……
王六爺：又是什麼？你這兒還能來土匪？
李莉莉：那倒不是。你不知道我心裡多慌！剛才……（替王把帽子，大衣掛了起來）才收房錢的人又來了。
王六爺：來了怎麼著？（坐了下來）
李莉莉：他來了，在這兒鬧了一頓。他說我三個月沒有給房錢了，吵得天翻地覆，非要我給清不可。
王六爺：後來呢？（李給他點上一枝煙）
李莉莉：後來——我實在沒有錢啊！他也只好連說帶罵地走了。他說房東還要告我呢，怎辦？
王六爺：告你？告你什麼？
李莉莉：他說他可以告我欠房租；他又可以告我……（作羞狀）什麼……行為不正。
王六爺：聽他胡說八道！他敢？有我呢，看她們敢把你怎麼樣？
李莉莉：嗯！嗯！剛才真把我嚇著了。我想這怎麼辦呢？你一打門，我又當是他們來了呢！

王六爺：真是傻子，看你嚇得那樣兒。哈——哈——（握住她的手）快去打扮打扮，晚上好看電影去。快去換一件漂亮的衣服。我這兒先聽上一段。（站起來去開留聲機，李用手去攔住他的手。）

李莉莉：你別聽啦！剛才收房租的人，差點兒沒把它提拿走了。他說：你這話匣子也值幾十塊錢，夠還賬的啦！

王六爺：混賬！這傢伙說話怎麼這麼混！

李莉莉：我就跟他說了：別看這話匣子，是我跟人借的。你拿了去，我怎麼還人家？他這才放下手。唉！我們沒有錢的人，真跟犯了罪一樣！

王六爺：得了，得了，又發牢騷啦！快去換衣裳吧！

李莉莉：誰還愛發牢騷！（下。王開留聲機中。頃刻，李上，走到梳妝台前）你看，我帶這綴子好看嗎？

王六爺：好——怎麼著都好！（拿一朵花替李插在鬢上）好不好？

李莉莉：好——怎麼著都好！（笑）

王六爺：待一會看電影去！

李莉莉：什麼片子？（兩人坐在一個沙發上）

王六爺：哈！好片子。紅樓艷史，薛發梨，麥當娜的。

李莉莉：又是艷史！那兒那麼些個艷史！我不愛瞧。

王六爺：喝！你不愛瞧！好看極啦！告訴你怎麼回事吧！有那麼一個王子，天天上巴黎的咖啡館去喝茶。那咖啡館裡有一個歌女，那歌女長得別提多漂亮啦！（向李嘻笑著）可是比你還差一點。

李莉莉：老是這麼著，說什麼都忘不了損人。

王六爺：誰損人？（笑）那是真的。

李莉莉：後來怎麼著？

王六爺：後來呵！那王子看中那歌女了，那歌女也看上了王子，那歌女就嫁了他。嫁了之後，就不當歌女啦！享福啦！

李莉莉：就這麼一回事啊！我當著什麼了不得呢！

王六爺：這還不好？譬如，我就是那王子，你就是那歌女，趕明兒你也享福，不好嗎？

李莉莉：（心裡覺得可笑）六爺，您真會說笑話。我可沒有那麼大的福氣。

王六爺：別這麼說。這福你不享，誰來享？（略停）對了，咱們的事怎麼?哪？

李莉莉：什麼事？（假裝不知）

王六爺：別裝假，你還不知道嗎？（以目視李）跟我一塊過日子，願意不願意？

李莉莉：（低頭作為難狀）又是這事！那……

王六爺：那？我喜歡你，你還不知道？

李莉莉：別說這個啦！…

王六爺：（追上去又問）你呢？也喜歡我？
李莉莉：（被他問得煩不過，勉強點頭）六爺…
王六爺：這不結了嗎？那還說什麼？
李莉莉：我知道，六爺，我很知道，你是喜歡我。我是常常有人愛著，或者愛著人家。可是，這有什麼用？（站起來憂愁地走了幾步，作自語狀）唔…那個要房錢的…
王六爺：唉！傻勁兒的。有什麼著難，由我來還，我六爺一手包攬。（作得意狀）
李莉莉：那……我不樂意這麼作。
王六爺：還有什麼？又不樂意這麼作。我家裡那兩個──你放心！我明兒就把她們打發走。我專誠接你，咱們也是自由結婚，到那天也有花馬車，軍樂隊，行不行？
李莉莉：不是那麼說。六爺！把人家打發走了，人家怎麼活呀！我怎麼能作這個呢？
王六爺：六爺疼你，那算什麼！
李莉莉：可是，我不能這樣奪掉人家的生路。
王六爺：什麼生路不生路的？當我家的太太多舒泰！
李莉莉：舒泰？哼！到了你家，誰知道你有幾天新鮮？誰知你過幾天把我也照樣的打發走？
王六爺：莉莉，你怎麼到這時候，還不明白你王六爺的心？六爺多疼你，莉莉！
李莉莉：（作不以為然的樣子，不語）
王六爺：莉莉，你看你這衣服好看嗎？趕明兒到了我家，你穿的比這還得好！

李莉莉：六爺，別說我說話不中聽，我並不希罕好衣服啊！我是到了這個地步⋯沒法子啊！

張小梅：（由中門上）又是什麼事沒法子啊？喝！六爺，您多會來的？

王六爺：早來啦！莉莉，我們的媒人來啦！張小姐，我請你作媒人，成不成？

張小梅：（微笑）誰是你的媒人？你早有太太啦！莉莉，怎麼啦？愁眉苦臉的？（以目視李）

李莉莉：沒怎麼—今天又來了要賬的了（作愁狀）

張小梅：又要取房錢？取房捐？

李莉莉：（向張點頭）這簡直是不了。什麼都是欠著人家的。咱們過的是什麼日子啊？

張小梅：可不是，我也是什麼都沒有。

王六爺：哈哈，都會唸苦經。得了，得了。張小姐，我請你作媒，你這大媒說成了，我重重地謝你！別說這一點賬！（以目視李又視張）

李莉莉：（瞪張一眼）

張小梅：（會意）是的，是的，六爺有錢，誰不知道？（作頑皮狀）

王六爺：託你辦事，可別損人啊！哈！哈！張小姐，你說我們這椿喜事，下禮拜就辦，成不成？

張小梅：又不是跟我結婚，問我幹什麼？（笑）

李莉莉：整天叨嘮這回事，說點別的，不好嗎？

王六爺：早點辦成了這事，我心裡也就踏實了。張小姐，您說對不對

張小梅：對，六爺說的話，還有錯？

王六爺：那我就拜托您啦？張小姐（向張作感謝狀）

張小梅：你先別謝我。六爺，你先得說說你這回是娶的是什麼親，你是正正經經地娶王六少奶奶呢？還是娶三姨太太？

王六爺：（連忙接上去）當然是正式娶太太，也得照樣行文明結婚禮。張小姐，您放心，我可不能委曲了我們這位莉莉。什麼軍樂隊啦！⋯花馬車啦⋯都有。

李莉莉：誰要坐你的花馬車。（撇嘴）

張小梅：要照這麼說明白了，我就給幫忙。六爺，我保你準成！

王六爺：好，連張小姐都出來幫忙了，我這事準成。那麼，我可就去預備啦！

李莉莉：（半真半假地作正經狀）告訴你們，我可沒有答應，誰答應的，誰出嫁。

王六爺：這是怎麼說？張小姐，這事我可交給你啦！（向張作眼色）

張小梅：（點頭）好吧！這事交給我囉。

王六爺：那咱們說點別的⋯

李莉莉：哼！早就該說別的。

王六爺：（向李）是—是—（向張）張小姐，您剛才上哪兒去來著？

張小梅：你管呢？（向王揚頭而笑）

王六爺：哈，真給釘子碰！

張小梅：我哪敢給您釘子碰？您不給我釘子碰，就成啦！六爺，上回我跟您說過的事，您還記得嗎？

王六爺：什麼？

張小梅：別裝糊塗啦！

王六爺：哦！哦！帶來了，等我給你拿。（到大衣袋裡去拿錢，發現皮夾子沒帶來）咦！哪兒去啦？咳？皮夾子忘了帶來。這可栽筋抖啦！

張小梅：我早就知道您會忘了這件事的。我的事，哪會忘在您的心上。要是莉莉的事，您再也不會忘啊！

王六爺：這倒不是，這倒不是⋯⋯

張小梅：您還說什麼「不是」？那回莉莉跟你借八十塊錢，晚上說了，第二天一早就送了過來。那天早上還下著大雪⋯⋯

王六爺：張小姐，您記得真清楚。

張小梅：我怎麼會記不清楚。那天莉莉還睡在床上沒起呢。如今我求你一件事，你就左也忘，右也忘。

王六爺：對不起，對不起。我這就去取，好不好？（作欲行狀）

李莉莉：（聽煩了他們的談話）皮夾子沒有帶來，就明天再說吧！

王六爺：不，我去取一趟吧！晚上還得看電影哪！（向張）張小姐，我這就去取。
張小梅：對了，就憑你要陪莉莉去看電影，也得去取一趟啊！我這五十塊錢倒沒有什麼關係。（笑）
李莉莉：（以手拍張）為什麼盡拿我來開心？
王六爺：張小姐，別挖苦我了。我去一下就來。（提著大衣，拿著帽子）我順便給你們買點糖，（指張）你愛吃椰子糖，（指李）你愛吃可可糖。等一會兒，我一塊帶來。
李莉莉：回頭見！
王六爺：回頭帶你們吃飯，看電影，張小姐也去啊！
張小梅：好吧！再見！
王六爺：（由中門下，外面汽車喇叭響了幾下）
張小梅：（去掉了剛才那番耍人的態度）莉莉！你幹什麼又向他使性子？他跟你求婚，你答應了，算了。還有什麼不滿意的？你能老不嫁人？
李莉莉：我沒說我老不嫁人啊！不過，我不願嫁他。
張小梅：嫁給他怎麼不好？你別那麼清高啦？這年頭！
李莉莉：清高？我並沒有說我自己是清高啊！要清高也就不吃這碗舞女飯了。
張小梅：對呀！

李莉莉：不過，嫁人也不能那麼隨便。你忘了？咱們在上海的時候，月宮舞場的ANNA不是嫁了一個銀行經理，不到三個月就打了離婚官司。這又圖什麼？

張小梅：是啊！這事我知道。倒底是小ANNA吃了虧。

李莉莉：那還不是！（點頭）就說嫁人，那王六爺，我可瞧不上眼。你看他那副討厭樣兒，簡直就是塊廢物點心。我要嫁，也不挑他那樣的。我就說他那人沒好心眼，你還不知道他拿咱們當什麼樣人看待。

張小梅：這我也明白。

李莉莉：就說他是局長的弟弟，那又該怎麼著？我想起來真生氣。我也有個弟弟啊！一樣是個弟弟，一樣是個人啊！為什麼局長的弟弟就可以坐汽車，玩女人？為什麼我的弟弟就要受人的欺負？你想，明弟整天多受罪，這多不平！我一想這個，我就恨，我還嫁他呀！

張小梅：（笑著理李的頭髮）哈！你真發誓啦？

李莉莉：可不是。

李　明：（由中門上，狀極天真，不過面上稍有憂鬱之色）姐姐，怎麼連門都沒有栓啊？

李莉莉：明弟，你今天怎麼有工夫來？

張小梅：真的。六爺走了，就沒有關門。明弟你坐下，怎麼瘦了似的？

李莉莉：這麼辛苦，你受得了嗎？

李　明：（向李）受不了又怎麼著？（向張）我瘦嗎？我倒不覺得。

李莉莉：你說給我找位子，怎麼沒有找著？

李　明：哪兒那麼容易啊！可是，我也不願你幹這個，總不是個了局啊！

張小梅：幹什麼才是了局啊？

李　明：怎麼？

張小梅：也還不是一樣受罪！長的醜點的受欺，長得美點的，受別人的暗算。還不是受罪！

李莉莉：真受罪，當舞女，我也當了一年了。唉，沒有活路。（稍停，向李明）你今天作什麼來啦？明弟。

李　明：姐姐，有錢嗎？我弄壞了機器上的一個齒輪，頭兒嚷著要我賠三十五塊錢……

李莉莉：怎麼會壞了？總是不小心！

李　明：也不能說是我不小心。那齒輪本來就該換新的了，頭兒偏叫我使。我使壞了，他就叫我賠。他到上頭去領新的，他罰了我的錢，他好下自己的腰包。

張小梅：真可恨！

李莉莉：他要你出多少錢？三十五塊，是不是？明弟，反正你一個月八塊錢，叫他慢慢地在錢裡扣吧！

李　明：在錢裡扣？唉！他才不肯。他要當時賠上。要不然，就不要我啦！他說年成不好，廠裡正裁人，我要不賠錢，明天就不能去作工了。

張小梅：明天就不要你了，真不講理。

李莉莉：真不講理！

張小梅：還有這樣不講理的？

李　明：不講理的事多著呢？我不交錢上去，就沒有我的飯碗。

李莉莉：我真一個子兒也沒有（向張）。你呢？昨天晚上上那兒了？

張小梅：上那兒了？在三星跳了半夜，腿都跳斷了。帶了十二塊錢回來，今天一早就叫裁縫截了十塊去，還有兩塊。

李莉莉：怎麼好？

張小梅：咳！咱們回頭再向六爺借一下好嗎？

李莉莉：不跟他借，他又要要挾人了！

李　明：要沒有錢，我明天就沒有飯吃了。三十五塊錢……三十五塊錢……

李莉莉：別鬧，明弟！等我想法子！（稍停）小梅，咱們去當當好嗎？找點東西拿出去當。

張小梅：好——先當了再談吧！明弟，你別急呵！（李，張二人開抽屜找東西。外面又有敲門的聲音。李明開門，收租人及警察二人上。李明、李莉莉，張小梅都驚慌。）

李莉莉：什麼事呵？取房捐麼？

收租人：今兒可有了辦法，您別言語。

張小梅：怎麼啦？

警察甲：那個叫李莉莉？（一面說，一面在一本子上記）
李莉莉：我！怎麼著？
張小梅：（看李一眼，意思是叫她別說話）
警察乙：你是張小梅嗎？（指張）
張小梅：是！
警察甲：你是誰？（指李明）
李莉莉：他是我的弟弟。
警察甲：弟弟？別瞎說，瞎說擋不了事！
李　明：我明明是她的弟弟麼，多早瞎說啦！
張小梅：難道不許人有弟弟嗎？
李莉莉：難道不許我有弟弟嗎？
警察甲：嚷什麼？
李莉莉：幹嘛不嚷？你們幹什麼來啦？
警察甲：（很凶的樣子）幹什麼來啦？請你們來啦！請你們上區裡坐一會去。
張小梅：憑什麼？憑什麼？你說？
警察甲：告你欠租不給，這還不說，你行為不正，引誘良民。那是你的弟弟嗎？你們違犯法律。

李　明：你怎麼知道我不是她弟弟？
張小梅：憑什麼不是？
李莉莉：上區就上區！走！反正是一樣的受罪。
警察乙：對了，走，沒錯。
收租人：對了！走吧！有話到那兒去說。你們走了，這房子也好騰給別人住。省得我收這兩個房錢費勁。哼！你們是幹什麼的，你們自己心裡明白！
李　明：明白什麼？（逼近收租人）
收租人：這還用我說？到了區裡，你們自然明白。
李　明：你說什麼？我揍你。（舉手打收租人左頰。）
警察甲：你打人，（拉住李明）你打人。
警察乙：走吧！走吧！上區裡講理去。（推眾人欲下）
收租人：不要臉的，還敢揍人？（欲打李明，被警察甲攔住）
警察甲：（推張）都走！都走！
張小梅：（大聲嚷）我可不走！（退步，坐下）
（這時外面汽車喇叭響，王六爺及僕人劉福上。劉手提食物一大包，跟在王的後面）
王六爺：怎麼啦？這是怎麼回事？幹什麼？
警察甲：又來一個，你也跟著上區！（要推王一齊走）

王六爺：混蛋！你說什麼話？你知道我是誰？（把腳往警察甲身上踢。這時，劉福向警察乙私語。警察乙知道了王是什麼人。王又向劉福。）你給我把他們帶到局子裡去。

劉　福：（連忙向警察甲私語，警察甲作驚懼狀。）六爺，您別生氣，他們是不知道。

收租人：（莫明其妙向警察乙私語，亦點頭作為難狀。）

警察甲：唔……六爺……您……您……（向王鞠躬）

警察乙：六爺，（向王行禮）您上這兒串門來啦！這真是我們的錯，我們沒鬧明白。

劉　福：對了，六爺，他們已然給您陪了禮了，您別生他們的氣。（向警察二人）趕明兒你們作事，總要仔細點……

王六爺：誰叫你們來的？拿人也得不把眼睛睜開點，他們怎麼不好？要你們往區裡帶！你們拿錯啦，要拿就拿我，這就是我的家，我跟著你們去。（作得意狀）

警察甲：那不敢，六爺，那不敢。

警察乙：六爺別生氣。這是我們沒鬧明白，早點我們不知道您就是六爺。六爺，我們驚動您啦！（向警察甲）那咱們走吧？（向王）六爺，您還有什麼吩咐的？

王六爺：你們下回也得瞧瞧這是誰的家裡，不知道也得打聽打聽，別這麼胡鬧。

警察甲：是……是……

警察乙：是……是……

王六爺：劉福！先帶他們下邊待著去。（警察二人，收租人及劉福欲下）回來，劉福。
劉　福：什麼事？老爺。
王六爺：（向劉福耳語。劉會意，引警察二人及收租人下）莉莉，不要怕。（兩手扶李肩）
李莉莉：（氣憤不語）
張小梅：（手扶在李明肩上，慌驚未已）幸而六爺來了⋯
李　明：那小子真混賬，我非揍他不可。
王六爺：哈！哈！那一群小子就怕我（向李）。莉莉，怕不怕？（笑）
李莉莉：我才不怕那般不講理的混賬東西！
王六爺：我說：你趁早上我家去吧！（李不以他的話為然）你在這兒住著誰保得住他們不再來抓你？
張小梅：（插上去說）真是的要不是六爺來了，我們早上區了。真嚇死人！
李莉莉：我倒不怕他們，我真恨他們。
李　明：誰不恨？有工夫我非揍他們一頓不可。
王六爺：算了，算了（自燃一枝香煙）。誰也別恨啦！都坐下⋯先坐下消消氣！（李張二人隨意坐下。李明不坐）
李　明：（作自語狀）我今兒一天就背運，到哪兒那兒倒霉！
王六爺：（作得意狀）莉莉，你怎麼著，咱們那事，你答應啦？
李莉莉：誰答應啦？（揚頭冷笑）

王六爺：咦：（笑）你這脾氣怎麼這麼彆扭？告訴你：要是當王六少奶奶，你一輩子也碰不著這事呵！

李莉莉：碰著又怎麼著？

王六爺：碰著了進去待兩天總是不好。莉莉，你要當了我家的太太多體面！

李莉莉：（不以為然）哼！

張小梅：（接上去說）六爺⋯

王六爺：（向張）張小姐，您不是答應給幫忙？

張小梅：是呵：六爺。可是您也太性急啦！我們這兒嚇得心還沒有放下，您又逼著問這一套！

王六爺：（稍怒）不急怎麼著？剛才要不是我回來的巧，你們還不是早上了區？說話別這麼沒良心！

張小梅：（生氣）我好心給你幫忙，你倒罵我！六爺，這事我可不管了！（扭身而起，走了兩步，站在一邊。）

王六爺：你怎麼說這種話？（怒）老實說，要不是我⋯（拍胸）

李莉莉：是你怎麼樣？你們還不是一夥的⋯壞蛋！

王六爺：你罵誰？

李莉莉：罵你哪！

王六爺：（忽然嚴厲）混賬！（向中門）劉福，叫他們進來！

李莉莉：讓他們進來吧！反正我不怕！

劉　福：（引警察二人上，很恭敬的樣子）六爺，什麼事？

王六爺：還是把他們帶走！（警察二人莫明其妙，劉福左右為難）莉莉，怎麼樣？（態度緩和）願意跟我走？還是……跟他們走？

李莉莉：（深思不語，張，李明都注意李）

王六爺：快說，怎麼著？

李莉莉：怎麼著？（振起精神）王少爺，（慢說）我對不住你。我不能答應你那事。我承認我是欠了人家的房租，我承認我是行為不正，我承認我是違犯法律。法律！法律就是給我們預備的。（向警察）要帶我上哪去？我跟你們去！

王六爺：一點都不錯，法律就是給你們預備的。

李莉莉：有誰跟我走？（慢慢地走下台）

李　明：姐姐，我跟著（以手挽張欲下）。張姐姐，咱們都一塊走！咱們永遠不能分開！

張小梅：（氣恨不語，隨李明之後）

（李莉莉，李明，張小梅，警察二人同下）

王六爺：（拍案大罵）滾你們的，不識抬舉的東西，賤骨頭！

（閉幕）

一九三三年冬寫於北平

國家圖書館出版品預行編目

徐芳詩文集 / 徐芳著. -- 一版. -- 臺北市 :
秀威資訊科技, 2006[民95]
面； 公分. -- (語言文學 ; PG0095)

ISBN 978-986-7080-40-0(平裝)

848.6 95006540

語言文學類 PG0095

徐芳詩文集

作　　者 / 徐芳
發 行 人 / 宋政坤
執行主編 / 蔡登山
執行編輯 / 詹靚秋
圖文排版 / 沈裕閔
封面設計 / 羅季芬
數位轉譯 / 徐真玉　沈裕閔
圖書銷售 / 林怡君
網路服務 / 徐國晉
出版印製 / 秀威資訊科技股份有限公司
台北市內湖區瑞光路 583 巷 25 號 1 樓
電話：02-2657-9211　傳真：02-2657-9106
E-mail：service@showwe.com.tw
經 銷 商 / 紅螞蟻圖書有限公司
台北市內湖區舊宗路二段 121 巷 28、32 號 4 樓
電話：02-2795-3656　傳真：02-2795-4100
http://www.e-redant.com

2006 年 7 月 BOD 再刷
2007 年 1 月 BOD 二版
定價：500 元

讀者回函卡

感謝您購買本書，為提升服務品質，請填妥以下資料，將讀者回函卡直接寄回或傳真本公司，收到您的寶貴意見後，我們會收藏記錄及檢討，謝謝！

如您需要了解本公司最新出版書目、購書優惠或企劃活動，歡迎您上網查詢或下載相關資料：http:// www.showwe.com.tw

您購買的書名：______________________________

出生日期：________年________月________日

學歷：□高中（含）以下　□大專　□研究所（含）以上

職業：□製造業　□金融業　□資訊業　□軍警　□傳播業　□自由業

□服務業　□公務員　□教職　□學生　□家管　□其它_____

購書地點：□網路書店　□實體書店　□書展　□郵購　□贈閱　□其他

您從何得知本書的消息？

□網路書店　□實體書店　□網路搜尋　□電子報　□書訊　□雜誌

□傳播媒體　□親友推薦　□網站推薦　□部落格　□其他________

您對本書的評價：（請填代號　1.非常滿意　2.滿意　3.尚可　4.再改進）

封面設計____　版面編排____　內容____　文／譯筆____　價格____

讀完書後您覺得：

□很有收穫　□有收穫　□收穫不多　□沒收穫

對我們的建議：______________________________

____

____

____

請貼
郵票

11466
台北市內湖區瑞光路 76 巷 65 號 1 樓

秀威資訊科技股份有限公司 收

BOD 數位出版事業部

(請沿線對折寄回，謝謝！)

姓　　名：________________ 年齡：________ 性別：□女 □男

郵遞區號：□□□□□

地　　址：________________________________

聯絡電話：(日)________________ (夜)________________

E-mail：________________________________